毒をもって僕らは

冬野岬

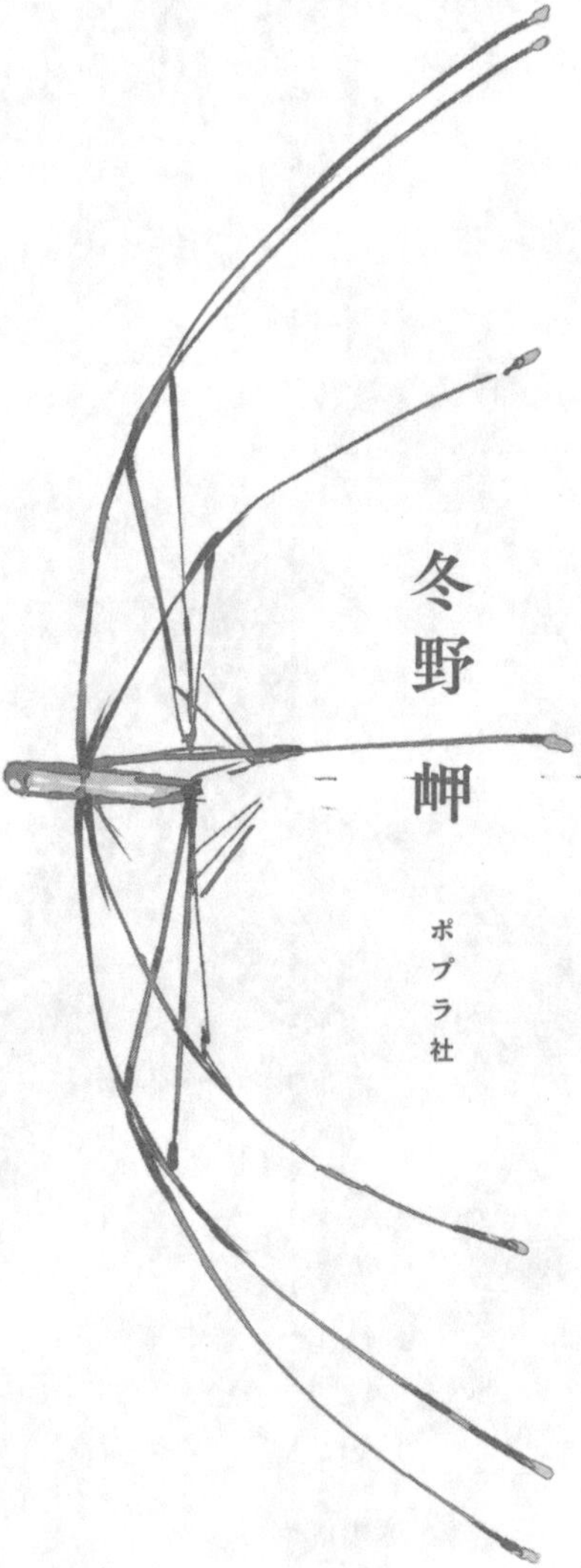

ポプラ社

毒をもって僕らは

僕は今日、命からがら十六歳になった。

総合病院のジメジメしたロビー。こんな辛気《しんき》臭い場所で五月十二日の誕生日を迎えるなんて最悪だ。退院手続きを済ませ、硬いソファで母の迎えを待っている。

春の陽気も重たくなってきた五月。大窓から見える中庭の柳が、気怠《けだる》げに葉を揺すっている。

僕はこの春めでたく高校に入学した。直後、全ての運に見放されたように転げ落ちた。

四月。期待に胸を膨らませた入学式。張り出されたクラス分けの名簿には見知らぬ名前ばかりが並んでいた。同じ中学校で仲の良かった友だちは、ことごとく他のクラスに固まっている。もともと社交的でない僕はグループ作りに大きく遅れをとってしまった。

第二週。大人しそうなメガネ集団に身を寄せ、仲間作りが前向きに進み始める。だがそのうちの一人、三宅《みやけ》という銀縁メガネが曲者《くせもの》だった。占いだかの話題で盛り上がる中、そいつは僕にこう言い放った。

「木島《きじま》ってさ、六十歳くらいで孤独死しそうな顔してんな」

心ないその一言に、僕はいたく傷ついた。六十歳で孤独死。絶妙にリアルで、ライフプラン的にもキツい死に様ではないか。その一件で溝ができて、グループとも疎遠になってしまった。

第三週。藁をもつかむ思いで幼馴染《おさななじみ》の矢野和佳奈《やのわかな》に泣き縋《すが》った。

「悪いけど、これからは声かけないで」と痛烈な一撃をくらい、あえなく撃沈。あいつめ。高校デビューのために、根暗な僕を過去の汚点として切り捨てやがった。おさげだった髪をバッサリと切ってバレない程度に染めている。

そして忘れもしない四月の終わり。

ゴールデンウィークという一つの残酷な締め切りを前に、僕はストレスの限界を迎えた。ついに体が壊れたのだ。

そんな兆しは一切なかった。頑丈なタイプではないにせよ、少なくとも不摂生はしていなかった。母親の勧める謎のサプリも欠かさず飲んでいた。それなのに。

学校で一言も喋《しゃべ》ることができず、しょげ返って無言の帰宅。趣味の心霊動画を漁っていた深夜一時。突然背中を刺された。振り返るが、そこには誰の姿もない。それが体の中から突き破る痛みだと気づいた時には遅かった。吐き気なんてものじゃない。スマホに一直線にゲロを吐き、椅子から転げ落ちた。上下左右がめちゃくちゃになる。冷や汗が果汁のようにほとばしった。

悲鳴を聞きつけた両親が痙攣する僕を見て、泡を食って救急車を呼んだ。意識確認のため救急隊員に何度も名前を尋ねられた。木島道歩《みちほ》。苗字はともかく、「みちほ」という発音しづらい名前を心底呪《のろ》った。ベッドでのた打ちながら、カーテン越しに両親が医師の説明を受けている影を睨《にら》む。両親も動揺を隠せず、「息子は死ぬんですか？」「癌《がん》ですか？」「白血病ですか？」と取り乱していた。

僕は余命を宣告されるんじゃないかと恐ろしくなり、耳を固く塞《ふさ》いだ。しかし、指の隙間から聞こえてきた医師の診断は、

「尿路結石《にようろけつせき》ですね」

決定打だった。トドメを刺された。目の前が真っ暗になった。

こうして僕は、息も絶え絶えに十六歳になった。

僕は今、ロビーのソファで頭を抱えている。中高年ならまだしも、この歳で尿路結石ってあんまりじゃないか。虫垂炎《ちゅうすいえん》の方がまだマシだった。こんなの苦しいだけで笑い話にもならない。思いのほか入院が長引き、ゴールデンウィークも明けて一週間が過ぎていた。

やっと返してもらったスマホには、幼馴染からの心配するメッセージが溜まっている。学校では声をかけるなと突き放しておきながら、冷徹になり切れない人間なのだ。矢野からのラインによると担任教師から「木島は入院でしばらく休む」と説明があったらしい。高校生活にも慣れ始め、そろそろ新しい話題に飢えているクラスメイトたちにとっては格好の的だ。「え？　もしかして若年性の癌？　白血病？」様々な憶測が教室中を駆け巡っているに違いない。

期待値最高潮の中、僕は明日登校しなければならない。

尿路結石という病名を引っ提《さ》げて。

「はあああああああ」

春の芽吹きが枯れるほどのため息。前を通り過ぎる看護師が、ちらとこちらを見る。視

線から逃れるようにうつむいたとき、

「不幸のどん底って顔してるね」

背後で声がした。空耳かと振り返ると、似通った年頃の女の子がいた。後ろのソファで小さく腕組みして、僕をしげしげ見つめている。

「え？」

不意打ちをくらい身構える。誰だ？　この子。

浅葱色《あさぎいろ》のパジャマ姿。肩口で揺れる髪の奥に、翳《かげ》った顔が覗《のぞ》く。少女はソファから身を乗り出して、僕に悪戯《いたずら》な笑顔を向けた。

「この世の終わりって顔してる。可笑しい」

少し掠《かす》れた声。可笑しいと言った口は本当に笑いを堪えているらしく、肩が微かに震えている。僕は無視しようか逡巡《しゅんじゅん》するも、目があった以上、なにも答えないのは失礼だ。なにより久しぶりに同年代の子と話ができる。憂《う》さ晴《ば》らしに付き合ってもらおうではないか。

「ああ。このまま死んでしまいたいくらいだよ」

死、という言葉に少女は一瞬たじろいだ。しかしすぐに表情を繕って、「ふーん。君はずいぶん不幸が好きなんだね」と言ったきり口を結んだ。

はっと我に返った。もしかしてこの子は不治の病で余命いくばくもなく、不幸をひけらかしている僕に苛立って絡んできたのかもしれない。そんなストーリーが頭をよぎった。大袈裟《おおげさ》なため息をついていた自分が急に恥ずかしくなった。

「ごめん。病院でこんなこと言うべきじゃなかった」

「ねえ、君にお願いがあるんだ」

少女は僕の謝罪を無視して耳打ちしてきた。

君は不幸を寄せ付ける体質みたいだし、と前置きしてからこう続けた。

「この世界の、薄汚い、不幸せなことを私に教えてくれないか。もっと、もっと、もっと」


梅雨前のぐずついた日差し。僕は教室のすみっこで、頬杖《ほおづえ》をついて外を眺めていた。無人の校庭。水の涸《か》れたプール。学校と外界を隔てるバックネット。校舎の二階から一望できるくらい淋しい漁師町。景色の終わりは海で締めくくられている。

室内に目を戻す。教壇では数学教師がチョークで黒板を削っている。なにをイライラしているのか、ずっとこの調子だ。教師の不満をよそに、生徒たちは長閑《のどか》な時間を満喫している。

『うちのクラスに木島って根暗がいるんだけど、そいつ尿路結石だって』

隣のメガネが、机の下で文字を打っている。僕に六十歳の寿命を宣告した三宅だ。スマホには即座に返事が吹き込まれる。『ジジイかよ』。爆笑マークが滅多打《めったう》ちされている。僕に見えるようにわざとスマホを傾けやがって。メガネの奥でチラチラこちらを盗み見してくる。ほんっと、嫌なやつだ。

今朝、「学校行きたくない」と散々渋った挙句、父親に蹴り出された。登校の道中、クラスの生徒に会わなかったのも不運だった。ワンクッション入れるチャンスもなく教室に到着。何食わぬ顔を装って、忍び足で着席する。が、次の瞬間、幼馴染の矢野が机の前に覆いかぶさった。

「返事くらいよこせ」

すみません。と頭を下げる。教室中が、待ってましたとばかりに注目する。しどろもどろになる僕に構わず矢野は「で、なんの病気だったの」と詰問してきた。自分は全てを知る権利があると言わんばかりの剣幕。仲良しになったクラスの中心的な立場の女子が「ちょっと和佳奈。幼馴染だからって、あんまりプライベートなこと聞いちゃまずいって」と労りながら催促する。メガネの三宅がすきっ歯を剥《む》き出して「痔《じ》とかだったらヤバいじゃん」と冷やかしを入れる。クラスの面白ポジションを獲得していると勘違いしているようだ。

僕は死にたくなっていた。心の中で何度もギロチンにかけられている気分だ。もう存分に痛めつけただろう。僕のことなんか忘れてくれ。空気になりたい。でもこのまま引き下がったら、僕の最後の尊厳が踏み躙《にじ》られてしまうのも確かだ。

痔だと思われるのは、さすがに嫌だった。

で、正直に打ち明けたところ、周りは水を打ったように静まり返った。二、三秒の間をおいて、矢野が「ぶふっ」と吹き出した。爆笑すべきか、話を逸《そ》らすべきか、皆一様に迷っている様子だった。あちこちで吹き出す音が漏《も》れるも、笑いがまとまることはなかった。

ホームルームが始まる。不完全燃焼したスクープは、行き場のないガスとなって他のクラスにまで染み渡っていった。

二次関数のグラフをノートに写す。すぐに飽きる。代わりに今朝の騒動を思い返して、反省点をノートに書き出した。矢野の問いに、僕はどう答えるべきだったのか。

パターン壱「いやあ、まさかの尿路結石でさあ。参ったよお」

パターン弐「余命宣告受けてさ（しばしの沈黙）。うっそでーす。盲腸でしたー」

「嘘はダメだな」

独り言を呟《つぶや》くと、三宅がギョッと目を剝いた。

自分は世渡りが下手くそだ。ノートのセリフみたいに自ら笑いを誘いに行けば、起死回生の逆転ホームランもあったかもしれない。そうすべきだったのだろう。でも僕はうまく捌けなかった。物怖《ものお》じして、変な意地っ張りが前に出て、その挙句最悪な結末に陥ってしまった。

（君は不幸が大好きなんだな）

病院で出会った少女の声が、頭を刺すようにフラッシュバックした。

数学の方程式を投げ出し、昨日あの子と交わした会話を思い出す。

彼女は綿野《わたの》と名乗った。下の名前は聞きそびれた。

彼女は生まれつき体が弱かったそうだ。あちこちの臓器がうまく働かず、入退院を繰り返しながら育った。僕と同じ十六歳らしいが、成長期を素通りしたのか、小柄な子だった。

白い肌は、病院の蛍光灯がすり抜けるほど透き通っていた。

「私に、世界の汚いところをもっと教えてよ」

綿野はそんなことを口にした。ちょうどその時、待合室のテレビではワイドショーが汚職を報じていた。コメンテーターがこの世の欺瞞《ぎまん》を嘆いている。僕は画面を指さして「汚いことなんて、ニュースなりネットなりで掃いて捨てるほどあるだろ」と返した。綿野は首を横に振った。

「そういうのは実感が湧《わ》かない。私が知りたいのは、高校生が感じる身近な不幸なんだ。君の身に降りかかる、嫌なことや、ついてないこと。生きていてもつまらないと思う、そんな出来事を知りたいんだ」

一息にそう言うと、綿野は急に顔を歪《ゆが》めた。自分で口にした「君」という呼び方がしっくりこなかったらしい。尋ねられるままに名前を教えると、綿野はさっそく馴《な》れ馴れしく道歩と呼び捨てにしてきた。

「道歩。ちょっと小銭持ってる？」

呼び捨てにされた上に金をせびられるとは早速ツイてない。自動販売機コーナーで、綿野はミルクティーを買った。僕は洗ってキープしておいた空のペットボトルにウォーターサーバーの水を汲んで飲んだ。

「道歩、それは貧乏くさいと思う」

綿野が顔を顰《しか》める。気にせずゴクゴク飲む。こちとら尿路結石の再発を防ぐために水分を大量に取らなければならない身だ。いちいち天然水なんて買っていたら、あっという間に無一文になってしまう。

綿野は最上階にある入院患者専用の休憩スペースに僕を案内した。ガラス張りの壁一面に田舎臭い町のパノラマが広がる。埋め込まれた回転椅子に腰掛ける。耳の遠そうな老人が端の席で、在りし日を振り返るように目を閉じている。他には誰もいない。ロビーと違って、内緒話をするのに打ってつけな静寂。

「綿野の病室はダメなん？」と提案すると、「初対面の男を部屋に呼ぶわけないでしょ」とにべもなく断られた。

綿野は紙パックのミルクティーを飲み干すと、唇に咥《くわ》えたストローを所在なげに上下させている。僕は大窓に手をついて外を眺めた。水平線に漁船が見える。

「私ね、もうすぐ死ぬの」

景色に気を取られている間に、綿野はそう告白した。僕はどう答えていいかわからず、身動きできなかった。

「私は病院で生きてきた。そして病院で死んでいく。外に広がる世界を知らないまま死んじゃうんだ。そんなのあんまりじゃないか。だからせめて、外の世界なんて、生きる価値のないくらい汚いものだって、そう思いたいんだ」

窓ガラスに鏡映しになった綿野を見つめる。パジャマから覗く彼女の体は、どこも骨張っていて、生気がなかった。

「体、そんなに悪いの？」

おずおずと尋ねる。綿野は二度頷《うなず》いた。

「そもそも、中学卒業が余命宣告の期日だったのに。ここのヤブ医者、人の覚悟を弄びやがって」

余命宣告をオーバーラン。だったら、そのまま快方に向かう可能性も？

「言っとくけど、ダメなのは変わらないから。体の中、もう腐りかけてるって」

僕の淡い期待をピシャリと撥《は》ねつけた。

「今はまだこうやって歩けるけど、これからどんどん動けなくなって」

綿野は脇腹をさすりながら、苦しげに呟いた。

「寒いのは嫌いだから、冬になる前に死にたいな」

綿野はそう言って身震いした。窓に額をつけた綿野は、今にも日差しに溶けそうなほど儚かった。

「そういうことだから、明日もまた来てね。君が感じる不幸な出来事、色々教えてよ」

ぴょこんと振り返って、いたずら気味に笑った。

「あ、お母さんに会わせるのは嫌だから、時間は連絡するね」

連絡先を交換する。

「とびきり酷《ひど》いの期待してるから」

ウインクを残して、綿野は病室へ帰っていった。

意識が教室に戻る。授業が終わり、ひとりぼっちの昼飯を終えたら次は地獄のグループワークだ。

綿野。待ってろ。不幸ネタはバッチリだ。


「ぶはっ」

綿野は容赦なく吹き出した。腹を抱えて笑い転げていると看護師に注意され、中庭に追い出された。

「やっぱ尿路結石って、パンチ強いね」

笑いの尾を引きずりながら、綿野は目尻を拭《ぬぐ》った。柳の木を背に設えられたベンチに並んで腰掛ける。細かい木漏れ日を肩に、僕は熱に浮かされたように饒舌《じょうぜつ》だった。

「ひどくないか？　死ぬほど痛かったのに笑いの種にされるなんて。十代で発症なんて、難病みたいなもんだろ。これからずっと再発に怯《おび》えながら生きてくんだよ？　あー、誰か取材に来ないかなあ。十六歳、輝く結石。命の授業、みたいな感動ドキュメンタリー」

「ひぃー、やめて、お腹よじれる」

僕は今日あった出来事を順番に語った。水を飲みすぎてトイレの回数が多くなり、頻《ひん》尿《にょう》とあだ名されたこと。社会科見学の訪問先を決めるグループワークでは、泌尿器科で強行可決されたこと。休んでいた間の課題を提出しに職員室に入ると、結石経験者の先生に小一時間慰《なぐさ》められたこと。綿野はその一つ一つに笑い、僕の背中を叩《たた》き、最後に「ほんと最悪だね」と締めくくった。

時間はあっという間に過ぎる。学校にいる時は、一秒ずつ噛《か》み付いて数えるほど長かったのに。日が暮れ始め、肌寒くなる。柳の葉が冷たい風に揺れる。

おしゃべりに夢中で、綿野の顔色が青くなっていることに気づかなかった。よく笑う綿野から、重病人という事実が抜け落ちていた。

「中に入ろう」

慌てて学生服の上着を脱いで綿野にかける。

「ありがとう」

綿野は震える唇を手で覆い、喉《のど》の奥から込み上げるものを堰《せ》き止めている。

「吐きそう？」

「ねえ、道歩」

指の隙間から震える声がこぼれる。

「私、我慢するの嫌いだから、あっち向いてて？」

「いいよ。吐きなよ」

その言葉をきっかけに、綿野の胃液が引きずり出された。中庭の植え込みに向かって何度もえずく。僕は綿野の背中をさすった。

胃のなかのものを一通り吐き尽くすと、綿野はポケットティッシュを引き抜いて口を拭った。それから空にタバコの煙を浮かべるように、天をあおいで息をついた。

「あー。喋りすぎた。こんなに長いこと誰かとおしゃべりしたの、久しぶりだったから」

照れ隠しで笑う綿野は、死人のように青ざめていた。

僕はお喋りに夢中で、病人に無理をさせてしまったことを悔いた。

「ねえ。そういう困った顔、やめてよ」

同情されたくないのだろう。綿野は眉《まゆ》を吊り上げた。

僕はどうしていいかわからず、とりあえず表情を放棄した。

「戻ろう」

暖かい院内で、綿野は血の気を取り戻した。お喋りを続けようとする綿野を遮《さえぎ》って、僕はリュックを背負った。

「綿野。明日までに体調整えとけよ。もっとひどいネタ持ってくるから」

手を振ると、綿野は口を歪めてなにか抗議する素振《そぶ》りを見せた。けれどなにも思いつかないらしく、綿野は飲みかけのペットボトルを僕に押し付けた。捨てておいてと暗に示している。

「それ、水筒がわりに使ったら殺すから」

別れ際に釘《くぎ》を刺してきた。手洗いに向かおうとしていたのがバレたらしい。

約束通り、次の日も綿野に会いに行った。電車で二駅。帰り道とは真逆の方向だが、苦にならなかった。むしろ電車で移動する時間が惜しいとさえ思った。部活にも入らず、終礼でみんなが頭をあげる前に教室から逃げ出す。そんな僕には、綿野だけが話し相手だった。

つり革に摑《つか》まってヘッドホンに集中する。怪談を朗読するユーチューブ動画。僕はホラーに目がない。ホラー映画が封切られれば必ず映画館まで足を運ぶし、勉強もそっちのけで毎晩心霊動画鑑賞に没頭している。

誰かが圧倒的な力で不幸になる姿に快感を覚えているのかもしれない。善人も悪人も分け隔てなく呪われる世界こそが真の平等社会だと訴えたい。そんな心構えだから、僕自身にも呪いが返ってくるのだろう。

待ち合わせのロビーで僕を迎えた綿野は、昨日より顔色が悪かった。

「体調整えとけって言ったろ」

僕の軽口に、綿野は血の気の抜けた頰を弱々しく歪めた。

「昨日眠れなくて」と息をこぼした。

聞くと、楽しみに取っておいたアイスクリームが冷蔵庫の不調で溶けてしまったらしい。

それが悔しくて、一晩中泣きべそをかいていたようだ。たかがアイスクリーム一つでそんなに落ち込むなんてバカバカしい。病院のコンビニで買い直せばいいじゃないか。そう伝えると、綿野は不貞腐《ふてくさ》れてしまった。

「お店終わってたし」

悔しそうに唇を噛んだ。

「買ってこようか？」

「いらない。昨日の夜に食べたかったの」

駄々をこねる綿野は、年齢よりも幼く見えた。

「今日はもう帰ろうか？」

彼女の不機嫌さに、思わず逃げ腰になる。袖《そで》を摑まれて「逃げんな」と却下された。外は曇っていて寒いので、院内の洗濯室を占拠することにした。洗濯機のドラムが誰かのタオルを振り回している。くぐもった音が絶え間なく響く。

「で、今日はどうだった？」

綿野の言う「どうだった？」とは「今日は嫌なことがあったか」という質問だ。日常で感じる嫌な思い、見たくもないのに目に入る嫌な光景、聞きたくもない言葉。顔を背けたくなるような不幸を拾い上げて綿野に報告する。実に奇妙な任務だ。

「僕の周りで、一日にどれくらい死ねって言葉が使われてるか、数えてみた」

僕の話題に、綿野の不機嫌が鳴りを潜める。

「一日中数えてたの？　暇だねえ」

「友だちいないからな」

「かわいそ。で？」ちっとも哀れんでいない顔で先を促した。

「四回」

彼女は拍子《ひょうし》抜けしたようだ。

「思ったより全然少ない」

不満げな面持ち。

「僕も思った。もっと冗談とかでさ、バンバン使ってる気がしてた。でも改めて聞いてみると、みんなお行儀がいいのな。しかも四回のうち二回は数学の武田《たけだ》だし」

黒板に向かって舌打ちしながら「死ねやクズども、死ね」と吐き捨てていたのを聞き逃さなかった。

「うわ。教師の方が荒んでるって」

現代社会の闇だねえ。と綿野はしみじみ頷いた。僕たちと同年代の人たちは、誰も彼も希望に満ち溢《あふ》れた顔をしている。野球部に入った奴はキラキラした顔で一年のうちにエースの座を勝ち取ってやると息巻いていた。矢野もカーストの高い女子にメイクのテクニックを真剣に教わっている。メガネの三宅ですら、目立たない男子を引き連れてバンドを組もうと計画している。なにかに打ち込む姿は、人間を美しく引き立てる。僕一人が置き去りにされてしまった気がして、正直焦る。

「ていうか、ほんとに一日中数えてた？」

綿野が疑いの眼差しを向けた。

「本当だって。トイレ以外ずっと。休み時間も」

「それ、かなりの数、見落としてない？」

頻尿でトイレの回数が多いことを指摘しているのだろう。

「いやいや、今日はそんなにトイレ行ってないって。誤差だよ、誤差」

僕が冗談めかして笑うと、綿野は眉をひそめた。

「だって道歩って、クラスで一人ぼっちなんでしょ？」

ああ、そういうことか。指摘されるまで気づかないなんて、僕はなんて能天気なんだろう。僕が席を立った途端、陰口を叩く生徒たち。僕を槍玉《やりだま》にあげ、それまで蓋《ふた》をしていた負の感情を撒き散らす。「死ね」「死ねよ根暗」「死ねばいいのに空気悪い」

ありうる。

「やめて。まじで。それは落ち込み過ぎる」

想像するだけでゾッとした。肩を落とす僕を見て、綿野はカラカラと笑った。この女、思ったより性格が悪い。

「それに、お昼ご飯ってどうしたの？　ほら、ネットだと、ぼっちはトイレで食べるって読んだけど」

冷やかしを交えつつ攻撃の手を緩めない。綿野のペースに乗せられてはいけない。主導権を取り戻さなければ。

「あのな。とっくに開き直ってるっての。自分の席で蓋開けてどうどうと」

嘘です。休み時間のうそ寝も、体育での一人壁打ちも耐え抜いた僕だったが、弁当だけはどうしても耐えられず、非常階段で食べました。勢いでかきこんだため、ハンバーグや厚焼き卵も一つの丸い塊になって胃に落ちた。惨めだった。階段の上から、サッカーボールを追いかける男子生徒たちを心底くだらないと見下しながらも、込み上げる涙を堪えていた。

そんな惨めったらしい思いを綿野に話すのは抵抗があった。少しくらい話を盛ったところで、それこそ誤差にすぎないじゃないか。

「嘘はいらない」

綿野は冷めた声で僕から顔を逸らした。僕は胸を刺されたように狼狽《ろうばい》してしまった。狙い澄ましたように、洗濯機がアラームと共に動きを止める。気まずい静寂が訪れる。

「あの、その」

二の句がつげず、ますます痛々しい沈黙を作ってしまう。綿野の肩が震えている。そして、

「ぶはっ。本当に嘘だったんだ。ごめん」と満面の笑みで顔を上げた。

この女、カマかけやがった。

「うーーっわ。やーーっな奴。信じらんねーー」

僕がなじると、綿野は「嘘つく方が悪い」と悪びれる風もない。

「もう帰る」

頭にきてリュックを担ぐ。

「あー、ごめんごめん。怒んないでって。いやあ、よかったよ。今日一番の不幸ネタだった。あー、ソトのセカイはコワいなー」

棒読みにもほどがある。僕もバカらしくなって、リュックを下ろした。

それからも話題は尽きなかった。ここに来る途中、中学生相手に怒鳴り散らす中年男を見かけたこと。歩道に散乱する吸殻。自動販売機のゴミ箱に押し込まれた家庭ゴミ。スーパーでは金髪の夫婦が小さな子どもを挟んで罵《のの》り合っていた。

ひとたび嫌なことに目を向けると、世界は抱え切れないほどの悪意に満ちている。

そんな悪意にいちいち怯えていたら身がもたない。人目を気にしておちおち飯も食えないようじゃ、この世界は生きていけない。昼ごはんくらい、堂々と食べてやる。もう一度チャンスをください。明日こそは意地でも教室にへばりついてやる。

「死ねって言った回数、明日もう一度数え直すよ」

脈絡もなく呟くと、綿野は浮かれたお喋りを止めた。また少し、黙り込む。

「そうだね。楽しみにしてる」

綿野は僕のくだらない決意に寄り添ってくれた。

洗濯物を取りに来た老婦人が、僕たちの会話の内容を測りかねるように首を傾《かし》げていた。

次の日から、僕は教室で昼ごはんを食べるようになった。

弁当箱を開けるとき、矢野がチラリとこちらに目を向けた。すぐに仲良しグループとドラマの話に戻っていったが、僕は危うく決意をくじかれるところだった。仕切り直しだ。深呼吸して箸《はし》をご飯に突き立てる。

味なんかわからなかった。焼き鮭《ざけ》が深海魚に思えた。冷や汗が背中を流れ、鳥肌と共に這《は》い上がった。教室中の視線が自分に注がれているような被害妄想《もうそう》に襲われる。弁当箱の隅に残ったタワシのようなブロッコリーを平らげたとき、僕は世界に勝利した気になった。

どうだ。僕は一人でも生きていける。友だちなんていなくたって、僕は幸せになれる。

勝ち誇った代償として、「死ね」を数え直すという任務をすっかり忘れていた。本末転倒な結果を綿野に伝えると「ドジ」と一蹴された。

その後で「ま、頑張ったね」と褒《ほ》めてくれた。

それからというもの、僕は綿野に会うことだけを楽しみに日々を過ごした。僕の不幸話はつきることなく、毎日毎日飽きもせずに綿野へ報告した。学校では幽霊みたいに過ごしているのに、綿野と会うたびに、僕は息を吹き返した。最近雨がよく降るなと不思議に思っていたら、世間はとっくに梅雨入りしていた。そのくらい僕は世界に無関心だった。そして、綿野と過ごす時間に夢中だった。

けれど、何事にも限度というものがあるらしい。

ある日、「また明日」と別れを告げた帰り際、看護師に呼び止められた。

若い女性。胸に「宮野《みやの》」とネームをつけている。吊り上がった目元。薄い唇。苦手な顔だ。看護師は僕を捕まえると、言いにくそうに切り出した。

「悪いんだけど、毎日来るのは遠慮してもらえるかしら。最近綿野さん、ちょっと無理してるみたいで。数値悪い日が続いてるの」

具合が悪いではなく、数値が悪い。その言い回しに、浮かれ切っていた僕は頭を殴られた気がした。

『って、看護師さんに叱られた。どーしよ』

メッセージはすぐに既読がついた。直後、『自分で考えろ、ばか』と返事がきた。

雨がグラウンドに隙間なく降りしきる。

僕は放課後の教室で補習が始まるのを待っていた。くしゃくしゃに丸められた数学の小テストを開く。二十問中、正解はわずか二問。青筋立てて答案を返してきた武田の顔が忘れられない。中間テストでは目をつぶっていた武田も堪忍袋の緒が切れたらしい。高校生になってまだ三ヶ月も経っていないというのに、早くも授業についていけなくなっている。やばいなあ。と言い逃れしている間にも単元は進む。ダメな僕を誰も待ってはくれない。

教室には、僕の他にも数人の男女が居残っている。一様に気だるげで、でも恥ずかしさを隠し切れない顔。先生はまだ来ない。

『補習でだるいんで、今日の報告はパスします』

綿野に送信。『薄情者』と返事。

『綿野って成績いい？　数学、教えて欲しいんだけど』送信。

耳鳴りのような沈黙。僕は親指を宙にさまよわせて返事を待つ。

『勉強できるかどうか、わかんない』

指が止まる。

先生が姿を現し、教卓にプリントを投げる。

「お前ら、高一の一学期で補習は、はっきり言ってやばいぞ。高校受験が終わってたるんでるんだろうが、本番はこれからだ。大学入試は高校受験の比じゃねえぞ」

お仕着せの説教を頭に、補習が始まった。プリントには、ハードルを低くした問題が嫌味ったらしく手書きで並んでいる。シャーペンをノックしては芯を戻す。

綿野の言葉が頭から離れない。

勉強できるかどうか、わからない。

そりゃそうか。入院ばかりで中学もろくに出席できなかったそうだし。そもそも余命を告げられた人間が、勉強に身が入るわけもない。なにをするにも遅く、なにもできないまま死んでいく。

「木島。なにぼんやりしてんだ。もうお手上げか？」

教卓の武田と目が合った。タバコのヤニで黄ばんだ歯が「死ね」と呟いているように見えた。

僕は気を取り直して、つとめて明るく問題に取り組んだ。簡単だ、こんな数式。高校受験で散々見たじゃないか。明日から授業を真面目に聞けば十分挽回《ばんかい》できる。ペン先を走らせる。ほら、解けた。次も、ほら、大丈夫、大丈夫。自分に言い聞かせる。答案を書き込むたびに、なぜか罪悪感に苛《さいな》まれた。

綿野は、勉強する機会すら奪われたのだ。

同じ十六歳の僕は、恵まれた環境の中で、つまらないテストに頭を悩ませている。僕が怠惰に過ごしてきた時間が、とてつもなく重い罪に思えた。

そんなことを考えていると、手書きの放物線が大きく歪んだ。

ああ、つまらない。

これから誰にも「さよなら」を言わずに学校を出て、家に帰って、手を洗って、冷蔵庫を漁って、茶色い夕食を作って、風呂に入って、宿題して、歯を磨いて。そんな些細《ささい》な積み重ねが耐え難い重荷に感じる。

両親が共働きのため、自分のことは自分でやらなければならない。父母と食事を共にする機会が少なく、めいめいで自分の家事をこなしている。自ずと互いへの関心が薄くなる。中三の秋、自分の中ですでに決めていた進路について「相談」したのが、中身のある最後の会話だった。

いつからだろう。小学生の頃はもっと家族の絆も深かった気がする。家族旅行にも出かけたし、同じテレビを観て笑い合っていた。しかし中学に上がり、僕が心霊動画に夢中になり始めた時、怯えた眼差しを向けていた母親が急に仕事を始めた。いくつかのパートを転々とした末、昔取った杵柄《きねづか》で夜勤の介護職に落ち着いた。中学二年生の時だった。僕が学校でとある問題を起こした直後だった。わざと生活リズムをずらしたのだと、今でも不満に思っている。

ふと顔を上げる。教卓では武田が、僕らの顔に印をつけるように順番に睨んでいた。

「できない奴ら」を記憶するために。

問題を解き終えて武田に提出する。武田は答案を苦々しげに睨むと、「出来るんだったら最初からやれ。手間取らせんな」と刺々しく丸をつけた。

綿野に返事を送れないまま、帰り支度を済ます。

雨足が強まっている。靴箱のカビた臭い。傘立ては荒らされて空っぽ。僕の傘も盗まれては取り返し、また無くなって、今日もない。ずぶ濡《ぬ》れ覚悟で校門を飛び出す。雨除け代わりにリュックを頭に担ぐが、すぐに無駄だと悟った。シャツが肌に張り付き、ズボンも靴もズブズブになる。

このまま家に帰る気にもなれず、駅前の映画館に足を向けた。スマホの電源を落とす口実を作りたかったんだと思う。

濡れ鼠《ねずみ》で券売所に並ぶ。時間さえ潰《つぶ》せればそれでいい。絶賛上映中を押し付けがましくうたうポスターを無視して、広告の隅で忘れ去られたホラー映画に目をつけた。僕はろくに宣伝文句も見ずに、その映画のチケットを三枚注文した。

「高校生、三人分ですね？」

受付の女性スタッフが手元の端末で空席を探す。代表で並んでいると勘違いしているらしい。僕は受付で借りたタオルで顔を拭きながら訂正を入れる。

「いえ、一人で三回上映分ください」

スタッフの指が止まり、不審な目を向けてきた。注文した内容と、映画のタイトルを秤にかけている。マイナーなホラー映画を三回続けて鑑賞する。お金を払ってまで。

「キャンセルはできませんのでご了承ください」

釘を刺すように注文を復唱し、僕にチケットを手渡した。貸し出してくれたと思ったタオルは、実は買い取りだったことを知り、飲み物を買うお金がなくなった。

劇場は教室ほどの規模で、淀《よど》んだ空気をまとった青年がチラホラと座っている。僕は居心地の悪さを感じながら、指定の席に腰を下ろした。

率直な感想を述べよう。上映前に流れるブライダル広告の方がよっぽど面白かった。花嫁の演技の方がまだ見応えがあった。

一度目の上映が幕を下ろし、悲痛な空気が流れた。映画通を自称して乗り込んだ僅《わず》かな観客たちも音《ね》を上げて席を立った。僕は息を整え、二度目の上映に備えた。大人しく帰ってカップラーメンでも食べてた方がマシだった。

「あんた、こういうキワモノ好きだったっけ」

　がらんどうの客席に、一際大きく響いた。声の主を探すまでもなく、すぐ横に矢野が佇《たたず》んでいた。矢野は握りつぶした紙コップ片手に僕の隣に座った。スカートを気にせず足を組む。

「面白かった？」

　矢野は鼻で笑うように感想を求めた。

「ハズレを引くにしても、もう少しマシなのあったよなあ」

　後悔を滲ませる。

「学芸会よりひどい」

　矢野がそう切り捨てる。

「矢野もなんでこんな映画見ようと思ったん」

　矢野は小さい頃から怖がりで、心霊番組が流れると逃げ回るほどだった。

「知り合いが出演してたから」

「マジで？　え？　どの役？」

俄然興味が湧く。

「あの子の名誉のために教えてあげない」

鼻に皺を寄せる。昔馴染みの何気ない仕草に、えも言われぬ懐かしさが込み上げた。こうしてまともに話をするのも久しぶりだ。

小学生の頃はきょうだいみたいに寄り添っていた。中学でも互いの部屋で愚痴を言い合ったり、そこそこ仲が良かったものだ。それが高校になった途端に「話しかけてくんな」だ。メイクをマスターして垢《あか》抜けた矢野に、僕も昔のように気安く接することができない。片やクラスのカースト上位、片やクラスのぼっちだ。高校入学を機に、住む世界が変わってしまったのだ。

「学校、どう？」当たり障りのない世間話を振ると、「人の心配してる場合か」と咎められた。

「ぼっちのくせに、昼ごはん教室で食べるとか、やめてくれない？」

え？　今さらそんなことに難癖付けるの？　戸惑いながらも僕は反論した。

「別に誰にも迷惑かけてないだろ。みんな僕のことなんか無視してるじゃないか」

「あんた病気だったし、みんな優しいから見て見ぬふりをしてただけ。でももう限界。ずーっと昼休みだけ空気悪いの、気づかなかったの？」

そうだったのか。クラスの雰囲気なんて、まるで眼中になかった。みんな長い間よくぞ耐えたものだ。

「ほっとけよ。つか、元を辿《たど》ればあの日だって、お前が余計な口出ししなけりゃ、尿路結石を自白しなくて済んだんだ」

蒸し返す気はなかったが、思わず口が滑った。矢野はまつ毛の巻き上がった目をかっと見開き、歯を食いしばった。

「あんたさ。悲劇の主人公でも気取ってんの？　はっきり言うけど、自業自得だよ？　挽回するチャンスはいくらでもあったでしょ。人のせいにしないで。誰かに話しかける努力もしない、真っ先に一人で帰って話しかけられるチャンスも捨てて、どこ行ってんのか知らないけど、家と反対の電車に乗って、ばかみたい。友だちいないのは勝手だけど、少しは弁えてよ。見てるこっちが恥ずかしくなる。あんたがトイレ行ってる間に、みんな陰口叩いてるの知ってる？　せっかくの和気藹々《あいあい》とした空気があんた一人のせいで台無しなの」

一息に捲《まく》し立てた。やっぱり陰口叩いてやがったか。それにしても、矢野がこんなに荒れるのは珍しい。暗めの茶髪からピリピリ電気を放っている。

「矢野、お前大丈夫か？　最近マジでイライラしすぎじゃない？　ちょっと無理してるんじゃないか？」

頭を冷やしてやるつもりが、火に油を注ぐ結果となった。

「無理って、どういう意味？　私はね、高校ではやりたいことを思いっきりやるって決めてるの」

これまでの束縛への復讐を誓うように、矢野は語気を強めた。

「ああ、矢野の親って、厳しかったもんな」

父親が医者で、母親は公務員を経ての専業主婦。両親とも教育熱心なことで有名だ。中学の時も、成績が落ちたせいで美術部を辞めさせられていた。

「親は関係ないでしょ。あんたが幼馴染だって知られてから、あんたの評判が、私にまで降りかかってくるの。今日も補習なんか受けて。今の時期ありえないよ？」

他にも何人か受けていただろうに、どうして僕だけ引き合いに出されるのか。

「孤立してるのは自己責任なんだから、せめてそれ相応の振る舞いをして。私の足を引っ張らないで」

知らんがな。呆《あき》れたため息を漏《も》らす。神経過敏の矢野は、僕のため息一つ許せない様子だった。

「あんたさ、」

まだ言いたいことが山ほどあるみたいだが、次の観客がぽつりぽつりと入ってきた。矢野は人目を気にして、怒りを呑み込んだ。

「じゃあまた明日。お昼は外で食べてね」

矢野は膝《ひざ》を叩いて立ち上がると、踵《きびす》を返して去っていった。

大股で歩く矢野の後ろ姿を見送る。小太りのおじさんを肩で押しのけ、重い扉をすり抜けていった。

「なんだ、あれ」

嵐のような奴だ。あいつ、中学校では真面目で大人しいタイプだったのに。僕が入院している間に、人が変わったように荒んでしまった。高校デビューも考えものだな。

なんだかもうここにいたくない。残り二回分のチケット代は惜しいけど席を立つ。イライラした気持ちで映画館を出ると、雨はすっかり上がっていた。むせかえる湿気に夜の道が霞む。スマホの電源を入れると、未読ありのバイブが鳴った。矢野からのメッセージが一つ。

『明日から、あんたのイジメが始まるらしいから』

しばらく意味がわからなかった。暗号を解読するように、端から端へ何度も往復した。

「ああ、そういうことか」

やっと理解できた。どうやら今日の補習が決め手となったようだ。たとえクラスで浮いていても、勉強ができればギリギリ許容される。しかし学力まで平均以下だと知れば、もう手をこまねく必要はない。クラスの団結を高める格好のターゲットになる。

「いい不幸ネタをありがとう」

湿度で膨張した月を振りあおぎ、負け惜しみを吐いた。


矢野の予告通り、朝登校すると上履きが切り裂かれていた。

足をつっかけながら教室に入ると、黒板消しが頭にヒット。クスクス押し殺した笑い声が漏れる。机には彫刻刀で大きく「尿」と刻まれ、引き出しは泥水でずぶ濡れ。着席すると画鋲が尻に刺さり、悲鳴をあげると笑いの渦が巻き起こった。

精神がごっそり削られたまま授業に突入。教師の声に混じってどこからともなく「頻尿」と小声が漏れる。教師が「なんだ？　誰かなにか言ったか？」と振り返ると「木島くんが、おしっこ行きたいって言ってまーす」とサッカー部員。

「なんだ。水を飲むのもほどほどにしとけよ。まだ若いんだから」と尿路結石の事情を知っている教師がせせら笑った。

背中には「尿」の張り紙が、剝がしても剝がしても背後霊のように貼り付けられる。体育で先生とテニスをした後、昼飯を食べに教室に戻ると机が撤去されていた。矢野はその一部始終を、引き攣った顔で盗み見ていた。

「便所に席取っといたぞー」

メガネの三宅にエスコートされ、便座に押し込められて弁当を開けると、頭上でバケツがひっくり返された。頭にきて飛び出そうとドアを押すと、固いものにつっかえて開かない。わずかな隙間から覗くと、掃除用具で器用に閂《かんぬき》を作っているのが見えた。脱力して便座に崩れ落ちる。

「猿蟹《さるかに》合戦かよ。もっとこう、小出しにしろよ。フルコンボじゃねえか」

自嘲気味に苦笑し、ずぶ濡れの弁当を便器に流した。昨夜から仕込んだ、ほうれん草のおひたしが、あんかけミートボールが、舞茸《まいたけ》の炊き込みご飯が、渦を巻いて流れてゆく。

さて、綿野にどう伝えようか。面白おかしく、この子どもじみたイジメを風刺する。綿野が笑ってくれるように、コミカルに、いかにも平気なふりをして。

考える時間はたっぷりある。当分出られそうにないのだから。そのうち、見て見ぬ振りができない臆病者がそっと閂を外すことだろう。それまで昼寝でもして時間を潰そう。

この状況下で寝過ごすとは思わなかった。

寒さで目を覚ますと、自分の輪郭がわからなくなるほど真っ暗だった。

「嘘だろ」

ダメ元でドアを押すが、開かない。便座に尻を食い込ませ、両足で蹴ったがビクともしない。手応えでわかる。閂のブラシが増えている。

「あいつら、血も涙もないな」

唾《つば》を吐きながらポケットを弄る。スマホの乏しい明かりに少し落ち着きを取り戻した。

画面の時計は午後十一時を回っている。母親からのメッセージには買い物の依頼メモ。もう夜勤に出かけている時間だ。次に父親から『どっか泊まるの？』と絵文字付きのメッセージ。渡りに船とはこのことだ。すぐさま救助を呼ぼうと指を動かす。でも、どう説明すればいい？

イジメられるよりも、イジメの事実を親に知られる方がよっぽど恥ずかしい。

『ごめん。友だちん家に泊まる。連絡忘れてた』

送信。ちっぽけなプライドで自ら退路を断ってしまった。

暗闇の中では時間が際限なく伸びる。心臓の音までゆっくり聞こえる。「腹へった」と虚空に呟いてみる。弁当を流したことが悔やまれる。水浸しの服が体温を奪っていく。目が冴えて二度寝することもできない。どうせなら朝まで寝過ごせばよかった。今さら叫んだところで誰の耳にも届かない。全てが裏目に出て、にっちもさっちも行かなくなった。

波の音が聞こえる。

海が近いこの町。

「昔はもっと栄えていて凄かったんだぞ」と、祖父は生前誇らしげに語っていた。時代の波に呑まれながらも堪えていたデパートが、去年の暮れに取り壊された。今では暴走族にさえ見捨てられ、夜の道を走るのは救急車くらいだ。

サイレンが聞こえる。

救急車で運ばれた、あの夜を思い出す。

痛かったなあ。この世に地獄があるとすれば、間違いなくあの痛みだ。まだ十六歳なのに。イジメという高校生らしい悩みと、尿路結石の再発という五十路の悩みが肩を並べている。自分ほど不幸な十六歳がこの世に二人といるだろうか。

やめだ、やめ。暇を持て余していると、ろくな考えが浮かばない。

日課の心霊動画探しのためにネットを開く。しかし、いくらホラー耐性があるとはいえ、この暗闇では怖すぎる。すぐに閉じて、今度はメモ帳アプリを開いた。今日あったイジメの数々を記す。学校に告発するためではない。綿野に聞かせるためだ。惨めな自分を、これでもかというくらい揶揄して綿野に笑ってもらおう。

電話が鳴った。

メモアプリが自然に閉じ、画面に『綿野』の名前が浮かび上がる。

僕はその名前をぼんやり見つめた。脳の処理が追いつかず「便座に座ったまま電話に出るのも、なんだかカッコ悪いな」なんてくだらないことを考えていた。無機質なコールが焦らすように繰り返される。留守番電話に切り替わる、寸前。

「もしもし」

こちらの状況を気取られないように、努めて平坦な口調で電話に出た。

「道歩。今いい?」

綿野の声を聞いた瞬間、喉がぐっと詰まった。さっきまであんなに平穏だった心が、瞬く間に波立つ。

「もしもし、寝てた?」

綿野の怪訝《けげん》な声。僕はまだ言葉がうまく出せない。

「どしたの? 電話まずい?」

「ううん。心霊動画見てたところ」

やっと喉の詰まりが取れた。

「なにそれ。こわ。引く」

綿野の声が遠のく。僕は引き止めようと焦って喋った。

「電話なんて珍しいね」

「ホラー映画観てたら寝れなくなった」

「どっちもどっちじゃねえか」

ひとつかみの笑い。僕は悪戯心が湧いて「あれ、そっち一人? 後ろで声が聞こえるんだけど」と演技すると、「ふざけんな、え? ウソでしょ? ねえ」と本気で怖がっている。

「ウソでーす」

「殺す」

なんとも語彙《ごい》に欠ける会話だ。でも、そんなやりとりが心地よかった。

「ねえ、少し話そうよ」

綿野の息が聞こえる。夜のそよ風を連想させる。

「怖い話？」

「違う。次悪ノリしたらマジで許さないから」

それから綿野は、二日続けて来なかった僕を人でなしと非難した。毎日行くと看護師さんに怒られると言い訳すると、綿野は「私、明日死ぬかもしれないいんだけどー」と唇を尖らせた。

「ねえ、なにか嫌なことあった？」

タイムリーな質問に僕は冷や水を浴びせられた。それがいつもの不幸話をせがんでいるだけだと気づくまで、息ができなかった。

「ああ、今日な。そうだなあ」

平静を取り戻し、頭を巡らせる。手元にネタの宝庫があるにもかかわらず、僕は答えに詰まってしまった。あたふたする僕を見透かしたように、綿野は声のトーンを落とした。

「道歩」

子どもを諭す母親のように、僕の名前を呼ぶ。

「なに？」

「教えて。なにがあった？」

「なにもないから、話題がないんだ」

「嘘はいらない」

静かな声。僕は顔が火照るのを感じた。

「いいだろ。捏造《ねつぞう》してるわけじゃないんだから。僕にだって、言いたくないことくらいある」

頭に血が上ってしまった。まるっきり八つ当たりだった。行き場のない怒りが、一円の価値もないプライドが、僕を苛立たせていた。

「悪い。僕、今日はだめだ。また明日、」

怒りを殺すため、終話ボタンに指を運ぶ。

「私も嘘ついてた」

電話の向こうで、綿野が小さく耳打ちした。

「ホラー映画観てたなんて嘘。私、今度手術するんだ」

思いがけない言葉に指が固まった。膝に置いたスマホから、綿野の声が宙に浮かぶ。

「聞き流していいから、喋らせて。病院の先生がね。このままじゃどうせ良くならないだろうから一か八か、新しい術式を試さないかって。それで私、断れなかった。またあのヤブ医者に騙《だま》されるってわかりきってるのに。断れなかった」

画面から、か細い声が流れる。生きたい。という痛切な願いが滲み出る。

「失敗する可能性も半分くらいあるって言われて。さすがに怖くなった。だから道歩に電話した」

そこで声は途絶えた。僕は便器の上で天井を仰いだ。涙なんて絶対流さない。そう誓いを立てたそばから、とめどなく頰を伝う。

「綿野、ごめん。本当にごめん」

自分がひた隠しにする秘密なんて、ほんとにちっぽけな悩みだ。

僕は思い出す。綿野の言葉を。

綿野は僕に、汚れた世界を見せてくれと言った。僕が本当のことを隠したら、誰が綿野に世界の真実を知らせることができるんだ。

「綿野。イジメって、思ってたよりずっと辛いね」

僕はいきさつを、順を追って話した。面白おかしくもない、僕が感じた本物の辛さ、惨めさ、怒り。それらを全て包み隠さず綿野に話した。

なあ、綿野。本当に、本当に、この世はろくでなしだよ。綺麗《きれい》なことは画面の向こうにしかなくて、生きていると汚いことばかり襲ってくる。

だから綿野は正しい。十六歳で、さっさと死ぬべきなんだ。こんな世界を何十年も生きたって、中途半端な慰めしか得られない。辛うじて死なない程度に息継ぎしながら、ずっと溺《おぼ》れたままなんだ。そんなの意味ないじゃないか。

綿野は相槌《あいづち》を打つだけで、一言も口を挟まなかった。ずっと耳を傾けてくれた。

僕が語り終えると、綿野はすうっと息を吐いた。

「道歩。なんだか今、すごく不思議な感じじゃない？　夜に長電話するのってロマンチックだよね。私は病室で、道歩は学校でさ。なにかのドラマみたい」

歌うような話し方。

「こっちは便所の中だけどな」

笑い声。の後、

「寒くない？」

綿野が心配の声を漏らす。

「凍えてる」

体温が根こそぎ気化してしまい、魂まで冷たい。

「今から、そっちに行くよ」

電話の向こうで衣擦れの音が聞こえる。綿野がベッドから立ち上がり、上着を羽織っている気配。

「来なくていいよ」

慌てて制止するも、綿野は「ときどき抜け出してるから平気」と意に介さない。

「来なくていいって。僕は大丈夫だから」

「大丈夫じゃない。そのままじゃ風邪ひく」

外履きをつっかけるワックス音。

「バカ。手術を控えてるのに。外に出ていいわけないだろ」

語気を強めて諫めると、綿野はベッドに腰を落とした。電話の向こうでスプリングが固く弾む。

「あ、そーいや、そんなこと言ったね。私」

すっとぼけた声。そして、綿野は気まずそうに白状した。

「ごめん。手術の話、あれ嘘だから」

綿野の言っていることが呑み込めず、呑み込めたら今度は呆れて物が言えなかった。まんまとハッタリに乗せられて全てを告白した自分に嫌気がさす。僕は無言で電話を切った。

一息遅れてスマホにメッセージが入る。

『怒った？』

『ふざけんな』送信。

『ごめーん。道歩って騙されやすいよね』

綿野のしたり顔が目に浮かぶ。

『とりあえずトイレ出られたら連絡してね』

を無視して、僕はスマホを閉じた。体が熱いのは怒りのせいだけじゃない。

喉の奥で病原菌が疼《うず》いている。熱を持った表皮とは裏腹に悪寒《おかん》が酷い。体の至る所でゲリラ的に鳥肌が立つ。

あまりにも心臓が強く叩くと思ったら、ドアがノックされる音だった。ぼんやりドアを見つめる。遠慮がちなノックが二回ずつ、心電図のように一定のリズムを刻んでいる。現状を理解するや、全身が総毛だった。時計を確かめると深夜一時。こんな時間に一体誰だ？　ホラー映画のワンシーンが蘇る。ドアの向こうに邪悪な気配。閂がゆっくり引き抜かれる。便座の背もたれに這いつくばって悪霊の登場に備える。万一に備えてトイレ上にある隙間の確認も怠らない。とはいえ所詮《しょせん》ホラー映画で得たノウハウなど現実では役に立たない。ドアが軋《きし》みながらゆっくりと開いたとき、僕は固く目を閉じるというタブーを犯した。

「木島、いる？」

僕の名を呼ぶのは、矢野の声だった。薄目を開けると、矢野がブラシを手に俯いていた。まるで悪霊に取り憑かれたみたいな姿だ。まだ油断できない。

「矢野？」

恐る恐る話しかける。

「ごめん、ごめんね木島」

矢野は床に向かって謝っている。どうやら生き霊ではなさそうだ。胸をなでおろす。

「その、木島がトイレに閉じ込められたって聞いて。それで、様子を見に来たら、トイレの中で話し声がしてて、怖くなって。盗み聞きするつもりじゃなかったんだけど」

矢野のやつ、口ではたまたまだと言っているが、きっとドアにへばりついて聞き耳を立てていたに違いない。僕が綿野に吐いた弱音も矢野に筒抜けだったと思うと、激しい怒りがこみ上げた。脳みそが縛られたみたいにこわばる。

「あの、それでね」

矢野の声が、ただでさえ痛い頭をキリキリと締め付けてくる。

「うるさいなあ」

僕の声が遠くで聞こえる。発音がうまく制御できない。

「どいてくれ。出る。しんどい」

矢野を押しのけ、便所を脱出する。すれ違いざまに矢野が「あのね。ちょっと行き過ぎだって、みんなに注意しておくから」と声をあげる。

「いいよ。いいから。自分でなんとかするから」

自分に言い聞かせるように胸に落とす。

「木島、具合悪いの？」

矢野の手が伸びる。額に手のひらが触れる寸前、僕は邪険に払い除けた。

「風邪薬、買ってきて。あと痛み止めと解熱剤。咳《せき》止めも」

よろめきながら廊下に出る。矢野がメモをとりながらついてくる。

深夜の廊下。避難口への誘導灯が飴のように伸びて見える。足元に青白い光を絡ませながら、おぼつかない足取りで進む。背中に矢野が「ねえ、やばいって。転びそうじゃん」とつきまとう。

誰も使わないピンクの公衆電話。窓にへばりつく満月。血管の鳴動と蛙《かえる》の合唱が同調する。ああ、気分が悪い。目の奥の神経がピアノ線みたいに突っ張る。天井と床がさかさまに映る。その光景を最後に、僕は気を失った。


鮮明な夢を見た。

中学二年生の教室。壁の落書きや古びたカーテンの埃っぽい臭いまで克明に再現されている。室内は休み時間の喧騒《けんそう》で溢れていた。下品な話題であちこち盛り上がっている。

日直が黒板消しで大きくＭ字を描く。

「おい、チョークの粉飛んできたぞ」

不良の一人が日直にイチャモンをつける。日直は転がるように教室を逃げ出した。チョークの粉が日差しに搦《から》め捕《と》られて浮遊し続けている。

僕はそれらの光景を、教室の最後方から眺めていた。

左耳で笑いが弾《はじ》ける。頰を打たれたような衝撃に思わず首を回す。下手くそに染めた金髪頭が、机を叩いて笑っている。やんちゃな男子生徒たちが、教室の角席に集まって騒いでいる。机の上にはスナック菓子が乱雑にぶちまけられている。どうやら椅子を揺らして遊んでいた生徒がひっくり返りそうになって、それを周りが囃《はや》し立てているらしい。

その席は、彼らのうちの誰のものでもなかった。

不登校の生徒が座るはずだった席だ。

噂ではイジメかなにかで、一年生の頃からずっと不登校らしい。どうせ出席しないのだからと、机を教室の端に追いやられている。そこに目をつけた生徒たちが不法占拠しているのだ。休み時間ごとに集まり、誰も使わないのをいいことに汚し放題だ。

気の毒に。

イジメられて、不登校になって、さらに机まで奪われる。空席であることが、せめてもの存在の証だったろうに。

「おい木島、漫画返せよ」

反対側からスポーツ刈りの生徒が手を差し出してきた。親友の青木《あおき》だ。三日を期限に借りた漫画を、すでに一週間も延滞している。

「悪い、忘れた」

「ああ？　ふざけんなよお」

「ごめんって」

「まあ、明日でもいいけど」

本当にいい奴だ。僕の数少ない親友である。英語研究会に所属していて、中学卒業と同時にイギリス留学を企てている変わり者だ。

「あ、英語の宿題忘れた」

引き出しに白紙のプリントを見つける。

青木は呆れた顔で英語のノートを貸してくれた。本当にいい奴だ。宿題を写させるのではなく、出題範囲の載っているノートを渡してくるあたり優等生の鑑《かがみ》だ。あと十分しか休み時間は残ってないってのに、ちくしょうめ。早々に諦め、ノートを返した。

また下卑た笑いが起きる。僕がしかめ面をしていると、青木は同情するように嘆息を漏らした。

「ああいうのって、なんだか胸糞悪いな」

青木の口から共感の言葉が出たことに僕は安堵《あんど》した。

「人間は、生殺しにされるのが一番辛いと思う」

中学二年生の僕が思いつく、精一杯の哲学だった。青木は興味深そうに手帳を広げ、メモを取った。

「今の言葉、来月のスピーチ大会で使ってもいいか？」

「いいわけないだろ。どんな重たいスピーチだよ」

「マジか。いい言葉だと思ったんだけどな」

青木は大真面目にそう答えた。

僕はある計画を思いついた。僕の哲学に基づいて、あの机の主をきちんと殺してやろうと思った。

「なあ、死んだ人に供える花って、どんなのがいいかな」

突発的な質問にも、青木は律儀《りちぎ》に答えてくれる。

「そりゃ、菊とか、あ、待てよ。トルコキキョウとか、百合とかでもいいみたい」

スマホの検索欄には『死んだ人、花』と直球なワードが打ち込まれている。教えてもらった花を画像検索する。いまいちピンとこない。どれもありふれていて、インパクトに欠ける。どうせなら、連中の度肝を抜くような花がいい。

青木がスマホから目を上げて、例の空席に目配《めくば》せした。気のないあくびをしてから、

「お前さあ、極楽鳥花《ごくらくちょうか》って知ってるか？」とつぶやいた。

「知らない」

「お前、小学校どこだっけ」

飛び石のような質問に翻弄《ほんろう》される。通っていた小学校の名前を告げると、青木は頭の中に地図を広げるように黒目を上げた。

「じゃあ、通学路にビニルハウスあったろ」

「ビニルハウスだらけだよ」

田舎町の田舎道。畦道《あぜみち》山道花畑の通学路を懐かしく思い出す。

「こんなの見たことないか？」

指紋で汚れた画面を僕の鼻先に押し付ける。

南国の鳥かと思った。

オレンジ色の鶏冠《けいかん》をかぶり、クチバシを尖らせた異様な姿。不気味なほどに細長い首。これがそういう形のれっきとした花だと認識するまで時間を要した。僕はこの花を知っている。いや、正確には「ああ、これ、花だったんだ」と驚いた。

おぼろげな記憶を辿る。小学校の通学路の脇に、立派なビニルハウスがあった。子どもたちの間で「生首ハウス」と呼ばれていたっけ。極楽鳥花なんて知らない小学生たちは、鬱蒼と生い茂る葉の間に、にゅっと伸びる鶏冠を本気で怖がっていた。密輸した外国の鳥を剝製《はくせい》にして並べていると噂されていた。僕も気味悪がって、目を瞑《つむ》って走り抜けていたものだ。なんだ、あれはそういう形の花だったのか。小学生の僕に教えてやりたい。それにしてもこの花、

「インパクトすげえな、めちゃくちゃいい」

僕が頷くと、青木は顔を綻《ほころ》ばせた。

「だろ、ストレリチアとも呼ぶらしいけど、極楽鳥花の方がかっこいい」

「どこに咲いてんの？」

「日本じゃ、自生してるのは沖縄の方だけっぽい」

残念だが、思い出のビニルハウスから拝借するしかないな。男子中学生の僕が花屋に入るのはハードルが高すぎる。

夢の場面が飛ぶ。

グラウンドの乾いた土を手で掘り返し、植木鉢《ばち》に詰め込む。昨夜、記憶を頼りに辿り着いた例のビニルハウスで、極楽鳥花を一株だけ拝借した。根っこが太い指のように地面を握りしめ、引き抜くのにずいぶん苦労したものだ。

生まれて初めて盗みを働いた。もしバレて犯行動機を聞かれたらどう答えよう。幼稚な罪悪感に怯えながら、ドアを開く。

早朝の教室。人に汚されていない、澄んだ匂い。自分が幽霊になったかのように、全ての気配が薄かった。

角の席に極楽鳥花を供える。手を合わせる。顔も知らないイジメられっ子に、礼儀としての同情を寄せる。

せめて来世では幸せでありますように、と。

翌日、学校中が蜂《はち》の巣をつついたような大騒ぎになった。教師たちは顔を真っ赤にして怒鳴り散らしていたし、生徒たちは青ざめた顔で互いに目配せして犯人を探り合っていた。

一刻も早く犯人を吊し上げて、平和な日常を取り戻そうと血まなこになっていた。

極楽鳥花の鉢は早々に撤去され、咳払いのような一区切りをつけて授業が始まった。空席で騒いでいた金髪頭たちは無実にもかかわらず肩を狭めて縮こまっていた。

青木が教科書の裏で下手くそなウインクを僕に飛ばし、ノートの切れ端を後ろ手で渡してきた。

『マジでやるとは思わなかった。見直した』

几帳面《きちようめん》な文字で称賛の言葉が書かれている。僕も板書を写すふりをしてルーズリーフに親指を立てた絵を描いて渡した。これで一件落着かと思いきや、青木はまだ文通を続けるつもりらしい。今度は前屈《まえかが》みになって何度も消しゴムで消しながら一文を完成させた。受け取る。僕は目を見開いた。

『木島。俺はもう日本には戻らない』

藪から棒に青木は宣言した。

『留学だろ？　三ヶ月だけじゃん』

青木は中学卒業とともにイギリスに旅立つ。まだ一年以上も先の話なのに、もうホストファミリーを見つけたらしい。知らない名前の町の小さな家だと聞く。以前、ホストマザーから送られた家庭菜園の写真を、「力みすぎていない手入れ加減が気に入った」と自慢げに見せびらかしてきた。主張しすぎない緑のグラデーション。水滴のように自然にちりばめられたラベンダー。「バラだらけのイングリッシュガーデンの写真を送りつけてきたら断るつもりだった」青木はわかったような顔でそう断言した。

『その家の息子にでもなるつもり？』

『三ヶ月が終わったら、そのまま世界を渡り歩く』

『中学生が？』

いや、その時には高校生か。どっちも大差はない。

『なんとかなるさ』

青木はバックパック旅行について、それ以上なにも語らなかった。らしくない。具体的で実現可能なプランを淡々と説明し、それを一段ずつ実行に移す。それが青木という男だったはずだ。

放課後、校舎のベランダに肩を並べて遠くの海を眺める。

「俺がいなくなったら、お前は新しい友だちを作れ」

「うぬぼれるなよ。友だちなら他にもいるから」

意地悪な言い方だが、次にくる青木の言葉に比べれば可愛いものだ。

「お前さ、本音で語り合える友だちがいるのか?」

詰まる。

「お前はいつだってそうだ。八方美人でニコニコしてるだけじゃ、これから不幸まっしぐらだぞ」

そんなはずはない。僕はいつだって幸せだ。幸福とまではいかないまでも、不幸にはならない。上辺だけの友だちとも、緩くつながっていけるはずだ。中学二年生の僕は頑《かたく》なにそう信じていた。

グラウンドから野球部の打球音が甲高く響き、飛行機雲のように尾を引いた。

卒業式の後、空港で青木は僕をハグして両方の頰にキスをした。外国かぶれしやがって、と拳で胸を押すと、青木は爽やかな笑みを湛えた。

「お前はさ、もっと怒らなくちゃならない。理不尽な仕打ちを受けた時や、世界が悪意を向けてきた時、お前が黙ってちゃなにも変わらない」

その言葉を最後に、青木との縁もあっさり切れてしまった。今では音信不通で行方しれずだ。友だちだと思っていた他の連中も、高校に上がるやさっさと立ち去ってしまった。

いつだってそうだった。誰も彼も、僕の前を通り過ぎてゆく。ひとつまみの思い出を残して、そのつまんない思い出が化石のようにこびりついて、僕の人生のよすがとなる。くだらない人生だなあ、と自虐する。

ずっと夢かと思っていたが、意識はぼんやり戻っていた。どうやら長い回想をしていたようだ。見慣れた自宅の天井に、人の顔に似た木目を見つける。

とはいえ、まだ完全には覚醒しておらず、耳元で夢の住人が「お前は不幸になる、不幸になる」と念仏のように繰り返している。

扁桃腺《へんとうせん》が炎症を起こして腫《は》れ上がり、気道が塞がって苦しい。指一本動かすことができないのに、関節がひとりでにギシギシ軋む。

気分が悪い。喉の奥に胃液が込み上げては引っ込む。

ふと綿野の顔が浮かぶ。

綿野にとっては、これくらいの体調不良は慣れっこだろうな。僕がぶっ倒れてしまう目眩も、綿野にすれば足を踏ん張れば持ち直す、単なる立ちくらみにすぎないのだろう。

壊れた体を抱えて五年、十年。病が心を蝕《むしば》み、蝕まれた目で世界を見る。美しい世界を、ただ指を咥えて眺めることしかできない。そんなの、とてもじゃないが僕には耐えられない。

夢うつつでそんなことを考えていた。

やっとはっきりと目覚める。カーテンから漏れる朝日が眩しい。枕元にはドラッグストアのレジ袋。その延長線上の勉強椅子に、矢野が腕を組んで座ったまま寝ている。どうやら家まで送ってきてくれたらしい。顔を合わせるのも癪《しゃく》なので壁側に寝返りを打つ。

「起きた？　具合、どう？」

矢野が目を覚まし、気配を動かす。

「水飲みたい。薬も飲む」

小さな子どものような言い方になってしまった。

「わかった。持ってくる。他に欲しいものはない？」

母親のような言い方が鼻につく。矢野が階段をペタペタ下りる。薄い床の下から水道の音が聞こえる。僕は矢野に特別な感情を持ったことがない。といえば嘘になる。小学校高学年のころ、淡い恋心を抱いていたことがある。近しい女子が矢野だけだったから、という安直な理由。中学の時も、美術部で遅くまで残っていた矢野を毎日迎えに行った。たまたま勉強で居残りしていた体を装って。夜道を歩きながら、コンビニで唐揚げを買い食いして将来の夢を話していた。彼女はイラストレーターになりたい、と熱く語っていた。その日描いたデッサンを恥ずかしそうに見せてくれた。毎日何十枚と描いて、描いて、描きまくっていた。そのひたむきな姿勢を心から尊敬していた。

だから高校に上がって「話しかけるな」と言われた時は、正直ショックだった。

「木島。ごめんね。ごめん」

盆を持って戻ってきた矢野は腫れた目でそう謝った。

「いいって」

矢野はイジメに加担していない。むしろ事前に知らせてくれたことに礼を言うべきだろう。

「先生に、私から言っておく」

「それはやめてくれ」

「でも」

「言ったら許さない」

わかった、と矢野は語尾をしぼませる。目に涙を溜めているのが声でわかる。昔からそうだ。自分が悪いと思えば、とことん弱くなる。幼稚園の時だったか、僕のおもちゃを壊したときも、ずっとこんな調子だった。許されないまま日常を送ることができない。そういう奴なんだ。ずるい奴め。

「私、最近、親とうまくいってなくてさ」

矢野は懺悔《ざんげ》するように壁を見つめている。

「そう」

ぶっきらぼうに返す。

「私がやりたいことに、昔から口出ししてばっか。とりあえず反対する癖、なんとかなんないかな」

中学の時も瓜二つの愚痴をこぼしていた。美術部を辞めさせられた時だ。矢野の親は、成績の低迷を理由に矢野から筆を取り上げた。真っ二つになった絵筆を持って泣いていた、あの時の矢野の顔を忘れることができない。怨念《おんねん》を固めて焼いたような形相だった。

「今、なに目指してんの？」

僕の質問に、矢野ははなを啜《すす》りながらも、どこか駆け引きめいた素振りで目を泳がせた。

「それは内緒だけど。でも今度こそやり抜きたい。親になんて言われても」

中身はどうあれ、それだけなにかに夢中になれるのは立派なことだと思う。

「それで、木島に八つ当たりしちゃった。ほんとごめん」

「いいよ。矢野には矢野の立場があるだろ」

矢野は変わろうとしている。高校デビューを成功させたのだって、大変な努力だったろう。親との確執も乗り越えようと葛藤している。だから矢野は責められるべきではない。

「これでこの話は決着。仲直り。で、どう？」

僕の妥協案に、矢野は涙を拭って応じた。メイクに涙の筋を作って、矢野は顔を晴らした。これで心置きなく安眠できると思った。ところが矢野は手のひらを返したように元気になった。

「でさ。こんなこと聞くの、あれなんだけど。電話してた相手って、女の子？」

和解したとみるや、野次馬根性が息を吹き返す。本当にずるい奴だ。雑に頷くと、矢野は前のめりになる。

「付き合ってんの？」

あけすけな質問をぶつけてくる。

「友だち。学校にいないから、病院で作った」

「なんの病気？　どこの高校の子？」

「調子に乗るな」

僕は布団を頭まで被り、矢野に背を向けた。

「教えてってばー」

「うるさい」

「もしかして、もう付き合ってるとか？」

「違う」

「ええぇ。好きな人ができたら報告するって、約束してたじゃない」

幼馴染という存在の厄介なところは、幼少期を長く一緒に過ごす中で、安易な約束を無数に生み出してしまう点にある。

「そんな約束、知らん」

「ダメダメ。約束破ったら釘を唇に刺すって指切りしたもん」

なんておぞましい罰を思いついたのだ、幼き我らよ。

「だから、そういうんじゃないって言ってるだろ」

矢野はしつこく絡んできたが、僕がタライにゲロを吐くとそれどころじゃなくなった。

「お前さ、青木ってやつ、覚えてるか？」

矢野はゴミ袋の口を縛りながら「あー、中学の時、あんたと仲良かった男子でしょ？覚えてるよー。てか中学の時告白したもん。フラれたけど」

さらっと重大な事実を明かす。

「てめえ、唇出せ、五寸釘《ごすんくぎ》通してやる」

「やめてー」とはしゃいでいるが、ふと動きを止め「青木くんの居場所、わかったの？」

と真顔になった。

「いや、知らん」

「なんだ」

あからさまに落胆している。まだ未練が残っているらしい。

「どうしたの？　急に」

「んー、いや別に、さっき夢に出てきただけ」

矢野は深刻そうに人差し指を顎《あご》に当てた。

「もしかして、あんた、青木くんのこと好きだったの？　その、性的な意味で」

「あほ」

「そっかー、私たち、恋敵《こいがたき》だったんだ」

「死ね」

布団にくるまって、今度こそ眠りについた。


丸一日寝た翌朝、体温計は三十九度を示していた。

体は重いが気持ちは昂《たかぶ》っている。朝ごはんを抜いて、学校に休みの連絡を入れる。リビングでは夜勤明けの母親が、矢野から受け取った看病のバトンを放棄してソファで死んでいる。

パーカーを羽織って玄関を出る。梅雨も一服とばかりに、空は隅々まで晴れ渡っている。細めた目に紫外線がチラチラ走る。フードを被った途端、顔を失ったように暗くなった。

「見てろ、青木。僕はビビりじゃない。僕の怒りを見せてやる」

僕のやり方で。

肩口からふいごのように汗が吹き出す。不快感が心地いい。

足元がふらついて自転車に乗れず、やむなく徒歩で向かう。

目的地のフラワーショップ『良花』は、町外れの埋立地に店を構えている。長い道のりだ。ベンチを見つけるたびに一息つきたい誘惑に駆られたが、気持ちを奮い立たせて歩き続けた。スニーカーが水溜りをはね上げ、泥のしみを作り、ゴム底がベロベロに溶けるまでアスファルトを踏み続ける。一度でも立ち止まればへたばってしまう。そんな執念に任せて一度も休まずにたどり着いた。

ウミネコの声が空を破る。倉庫が林立する殺伐とした海岸線。その中でひときわ目を引く場違いな花屋。外売り場では、ひしめく花々が海風になぶられている。

僕はジャングルをさまよう脱走兵のように売り物の花をかき分け、やっとの思いで目当ての品を探し出した。

店員を捕まえ「これを三十二人分ください」と声をかける。指さす先には、オレンジ色の南国種が花開いていた。

極楽鳥花。

極彩色の鶏冠を自慢げに振りかざし、たっぷりと肉のついた葉と合わせて、ひと抱えほどもある観葉植物。

「え、と。三十二人分って、鉢植えで、ですか?」

店員が訝しげに首をすくめた。

「はい。必要なんです」

店員は困った顔で奥に引っ込み、代わりに店長が暖簾《のれん》をくぐって出てきた。濃い眉を寄せて僕を品定めする。

「坊や、いくら持ってんの」

髪を束ねた店長が、鼻で笑いながら値札をめくる。

目を疑った。こんなに高かったのか。雑草のように密生していたあのビニルハウスは、一体どれほどの資産価値があったのだろう。どうしよう。同じ手口でビニルハウスから盗むのはリスクが高すぎると踏んで、わざわざ買いに来たのに。かといってお年玉貯金じゃ全然足りない。

財布を開いたまま立ちつくしていると、店長が覗き込んでため息をついた。

「どうしても、三十二、欲しいのか？」

耳をかきながら尋ねる。

「はい」

僕は一歩も引かずに頷いた。

店長はあきれ顔で腕組みすると、棒立ちする店員に向かって叫んだ。

「おい。あの切り花。あれ出してやれ」

それを聞いた店員は鼻に小さなしわを寄せて「でもあれ、通販で売るんじゃなかったですっけ」と口答えする。

「いいから。どうせあんな量、売り切れる前に枯れちまうんだから」

じれったそうに指示すると、店員は渋々奥に引っ込んだ。

「花さえあればいいよな」と、僕に顎をしゃくる。異論はない。

「お願いします」

財布をひっくり返し、トレーに流し込む。店長はレジに金を突っ込むと「ちょっと表で待ってな」と僕を追い出した。

僕はパーカーを脱いで、軒先のベンチに腰を下ろした。ポケットから解熱剤を出して口に含む。首筋がズキズキ痛むのは菌のせいだろうか。水筒の半分を飲み干し、息をついた。埋立地の果て、堤防の向こうに海が広がる。水平線には、まだ幼い入道雲が小波のように湧き立っている。

「おい坊主」

店長がベンチの横に座った。坊やから坊主に格下げか。咥えタバコの副流煙が鼻をくすぐる。店長は馴れ馴れしく僕の肩に手を置いて「あの花に目をつけるガキは初めて見たよ」と鼻から煙を出した。坊主からガキまで落ちた。

「運が良かったな。あの花はな、うちみたいな小さい店じゃ、正月祝いの時期以外あんまり在庫がねえんだ。それがついこの間、昔馴染みの同業が死んじまってな。形見分けで、そいつの店で目玉にしてたあの花を、タダ同然で譲り受けたんだ。持つべきものは友だちだよな」

聞いてもいないのにベラベラ喋る。こういう馴れ馴れしい大人はあまり信用ならない。胡散臭《うさんくさ》い匂いがぷんぷんする。

「タダで仕入れたんなら、もっと安くしてくださいよ」

「図に乗るな。こっちも商売だ」

ゲンコツを寸止めしてから急に柔和な顔を作る。

「なあ、ワケがあるなら相談に乗るぞ」

ほらきた。胡散臭い親父にありがちな余計なお節介。僕はのぼせた頭を絞って、このロン毛オヤジから逃れる口実を捻《ひね》り出す。

「うちの校長が死んだんです」

「は？」

口を埴輪のように開けて、タバコの煙が輪になる。

「校長が脳梗塞で亡くなったので、生徒有志で話し合って、花を手向けようってことになったんです」

「へえ。感心だなあ。三十二人も集まったのか」

疑り深く腕を組む。それから「でも、なんで極楽鳥花なわけ？」と話の裏をめくる。

「だってあの花って、」

「店長お、準備できましたあ」

店員の間延びした声にかき消された。店長は口をへの字に曲げ、タバコを踏み消して腰を上げた。僕も後に続いて店内に入る。作業台には、新聞紙に包まれた花束が並べられている。映画で見たクリスチャンの墓前を彷彿とさせる。僕はそれを満ち足りた気持ちで観賞した。

僕は中学生のころからなに一つ成長していない。無計画で意気地なしで、自分を守るので精一杯だ。だから僕は何度でも同じことを繰り返す。今度は僕の身に降りかかるイジメを撥ね除けるために、この花を武器に変える。

中学生の僕と少しだけ違う点があるとすれば、一緒にいたい人ができたことくらいだ。

かつて青木が「新しい友だちを作れ」と叱咤《しった》激励してくれたお陰かは知らないけれど、僕はやっと本当の友だちができたのだと思う。期間限定。あと数ヶ月で去ってしまう友だちが。イジメに苦しむ時間なんて勿体《もったい》無いじゃないか。その時間を、少しでも綿野とおしゃべりすることに費やしたい。

きっとあの夢は、異国の地に立つ青木からのお告げだったのだ。

極楽鳥花は僕のお守りであり、武器であり、特別なしるしなのだ。

七月一日。朝練を終えて教室に入った野球部の一団が異様な光景を目撃した。

碁盤の目に並んだ机。その全てに見慣れぬ南国の花が供えられていた。目の覚めるようなオレンジの花びらが、天井めがけて鶏冠を伸ばす。息の詰まるような光景。学校中が火事のような大騒ぎになったと聞く。

前夜を振り返る。

深夜の教室に忍び込んだ僕は、月明かりを取るためにカーテンを開けた。

どこかよそよそしい机が、痩《や》せほそった椅子が、物置のような教室が月明かりに浮かび上がる。月面のような机を指でなぞる。

ゴミ箱を漁ってかき集めたペットボトルに、極楽鳥花の切り花を一本ずつ突き刺す。コカ・コーラ、スプライト、ファンタグレープ、水出しコーヒー。

クラスメイトの顔を思い浮かべながら、机に生け花を置いていく。

せめてもの慈悲として、矢野の席には汚れの少ないボトルを選んだ。メガネの三宅には泥まみれのボトルを手向ける。小便を入れられないだけマシだと思え。

こうして腰を据えてじっくりと観察すると色々な発見がある。生真面目な性格の委員長の席は、見た目こそ整理整頓されているが、引き出しの奥に丸められたテストが押し込まれていた。躊躇《ためら》わず開くと二十二点の英語の答案。隣の席に移る。無邪気を売りにしている野球少年のノートを盗み見ると、紙面いっぱいに「浅田《あさだ》死ね」と殴り書きされている。浅田と、この席の主は親友だったはずだ。

三宅の席は特に念入りに掘り返す。古い血のこびりついた家族写真を見つけたときは思わず悲鳴をあげた。

みんな、水面下で悩みを抱えている。

ドロドロした土壌から毒素を吸い上げて、極楽鳥花が鮮やかに色づく。帰り際、飾り付けた教室を振り返った僕はそんな感傷を覚えた。

そして今日、僕はうっかり寝過ごしてしまった。みんなの驚く顔をリアルタイムで見てやろうと楽しみにしていたのに。

昼前になって教室に入ると、事件の痕跡は跡形もなく消されていた。それでもクラスメイトたちは、大遅刻した僕に目もくれず事件の話題で持ちきりだった。

「なにあの花、生理的に無理。気持ち悪い」「意味わかんないし」「警察呼んだほうがよくない？　これって脅迫じゃね？」「なんで俺のだけクッソ汚ねえんだよ」と反響も盛りだくさん。

後日、大満足の成果を伝えに綿野の病院を訪れた。しばらく音沙汰なしだった僕に綿野はすっかり臍を曲げていた。しかし、僕が事の顛末《てんまつ》を伝えると目を丸くして話に食いついた。

「な〜んでそんなことしたの？　趣味悪いよ」

綿野の素《す》っ頓狂《とんきょう》な声を聞き、僕はロビーのソファから中庭を見つめた。

「いやあ、イギリスからのお告げがあってね」

親指を立てた青木の幻影が狭い青空に浮かぶ。

「は？　意味わかんない。大丈夫？　イジメられて頭おかしくなった？」

綿野は本気で心配して僕の顔を覗き込んだ。

「ウソウソ、ただの仕返しだよ」

「ふうん。それでそれで？　道歩が犯人だって、バレたの？」

綿野は推理小説の先をせがむように僕の袖を揺すった。

「秒でバレた。花屋の親父が学校宛に弔電《ちょうでん》送りやがった」

それを皮切りに、あれよあれよという間に調べがついた。生徒指導室に呼び出され、僕の名前入りの伝票を突きつけられた。花屋からの帰り際に尋ねられ、馬鹿正直に本名と学校名を教えたのが仇となった。店主の証言で裏付けも固まり、逃げ場がなかった。

「なぜこんなことをした」と怒り心頭の学年主任に詰め寄られる。黙秘を貫いていると、担任教師が気まずそうに学年主任に耳打ちした。唇の形でイ・ジ・メと読めた。学年主任は苦虫《にがむし》を嚙み潰したような顔で頷いた。そこへ話を聞きつけた教頭が、静かな足取りで入ってきた。二人の教師は互いに目くばせしてから「あ、これから報告に伺おうと思ってまして」と取り繕う。

「木島君」

白髪の教頭は、虫も殺さぬような顔で僕の前に座った。

「事情を、教えてくれないかな？」

慈悲の手を伸ばす。僕は「隣で縮こまっている二人組に聞けばいい」と、喉から出そうになった。

「なにか、嫌なことでもあったのかな。それとも、芸術に興味があるとか」

とんちんかんなことを言い出す教頭に、僕は抗議する気力もなくなった。

話し合いの結果、自宅謹慎二週間で手を打った。教頭が退室した後、担任教師が申し訳なさそうに僕の肩に手を乗せた。

その後、呼び出された両親は平身低頭謝り続けていた。教頭は寛容な態度を見せ、二週間の謹慎処分で済んだのは最大限配慮した結果だと強調した。イジメについてはおくびにもださず、大人同士で解決が図られた。

父親の軽自動車で国道を南下している間、両親は僕を叱ったりしなかった。父親は無言でハンドルを握っていたし、母親は証拠品として渡された極楽鳥花を指で摘んでくるくる回していた。この花になにかしらの意味づけをしようとしている様子だった。

二人とも、僕から目を逸らしたことを後ろめたく思っているらしい。家に帰る代わりに、僕を鰻屋《うなぎや》に連れて行ってくれた。

「鰻重、うまかったなあ」

思い出すだけで涎が出る。脂の乗った国産の鰻を敷き詰めた重箱。ふっくらとした身を創業時から注ぎ足しされた秘伝のタレに浸して、ほかほかの白米に絡めて口へ運ぶ。こんなに幸福だったのはいつ以来だろう。

「道歩の親って、おおらかなんだね」

「とりあえず美味いものを食べさせとけば問題は解決すると思い込んでいるんだ」

いいことがあった時も、悪いことがあった時も、両親は食べ物で釣ろうとしてくる。なんとも不思議な思想だ。自分たちの引け目をカバーするように、謹慎中の外出にも寛大な態度を示してくれた。それはイジメを黙認していた担任教師も同じだった。抜き打ちが原則の担任による家庭訪問も、事前にこっそり両親に漏らしていたらしい。

おかげで僕は大手を振って昼下がりの街を歩くことができた。こうして病院に気軽に足を運ぶことができるのも、独りよがりな大人たちの悔恨のおかげだ。今日は待合に患者も少なく、僕たちは中庭を正面にした特等席に並んで座ることができた。

「ね。現場の写真見せてよ」

綿野が目を輝かせている。

「写真なんか撮ってないよ」

そう告げると、信じられないと目を丸くした。

「記念に撮ってないの？　そんな大それたことしておいて」

「自分で証拠写してどうするんだよ」

僕がそう言うと、綿野は肩を落とした。

「見てみたかったなあ」

未練がましい余韻が残る。

「今度お見舞いに持ってきてやるよ」

極楽鳥花を買うついでに、僕を売ったあの店長に文句の一つでも言ってやろう。

「今年はどうかしてるよ。入院に謹慎に。なに一つうまくいかない」

再び窓の外を眺める。中庭の柳は、強い日差しに焼かれてすっかり萎《しお》れている。冷房の効いた室内から見る外の景色は、深海のように静かだ。多分、セミが鳴いている。

「なんだか道歩、嬉しそう」

綿野の瞳に、僕の顔が映り込む。確かに口元が緩んでいる。それが気に食わないのか、綿野は僕の額を指ではじいた。

「いて」

さほど威力はなかったが、大袈裟に痛がってみせる。

「もっと不幸な顔してよ」

二度、三度、デコピンが空振りする。

「なんだか不幸にも慣れてきたな」

「だめじゃん。私との約束、ちゃんと覚えてる？」

この世の不幸を余すところなく伝える、という約束。綿野が外の世界に見切りをつけて満足して死んでいけるように。

「もちろん。客観的に見てみろよ。イジメられるわ自宅謹慎になるわ。コテンパンだよ。綿野はこんな人生送りたいか？」

「んー、まあ嫌だけど。でもまだありふれてるっていうか、もっとさ、病院で安全に死んだほうがマシだったーってくらい、生死に関わる事件とかないの？」

「あってたまるか」

その時、見知った看護師が通りかかった。

「もー、綿野さん。捜したよ。またお昼ご飯抜いて。ちゃんと食べないと体がもたないよ？」

担当看護師の宮野さんだった。綿野の脱走にはほとほと手を焼いているらしい。

「お腹減ってないし」

綿野にとって、年若い看護師は友だちみたいな感覚なのだろうか。砕《くだ》けた調子でじゃれあう。

「ダメだって。点滴で栄養なんて嫌でしょ？」

「そっちのほうが楽でいいし」

友だちどころか、まるで姉妹喧嘩だ。

綿野に夕食は必ず食べること、と指切りをした後、宮野さんは初めて僕に気づいたように目くばせした。つり目がさらにつりあがる。

「あら木島くん、だっけ。しばらく顔を見なかったけど、元気？」

そう言って憎々しげに口を尖らせる。

「おかげさまで」

「定期検診、きちんと受けなさいね。先生怒ってたよ？」

検診のお知らせは開かずゴミ箱に捨てた。これだけ病院に通い詰めているというのに、検診を受ける気は全くしないのが不思議だ。

「もう平気です」

「腎臓悪くすると、最悪透析《とうせき》受けるハメになるよ」

宮野さんは、ラックに挿されたパンフレットを抜き取ってよこした。

綿野がすかさず横取りして開く。

「道歩。これはさすがにまずいよ」

パンフレットに横から首を突っ込み、僕は顔面蒼白《そうはく》になった。人工透析についてわかりやすく説明している。管を通しながらニコニコ笑っているフリー素材のイラストが恐怖をあおる。

「今度はサボらず受けます」

「木島くん。口酸っぱく言って悪いんだけど、綿野さんの具合も考えてね」

怒りのこもったウインクを残し、宮野さんは慌ただしく立ち去った。

「マジで生死に関わるじゃん」

パンフレットを戻す。

「不幸な気分？」

嬉々とした調子で僕の前に顔を出す。

「透析の未来は勘弁してほしいな。あー、最近ちょっと油断してた。水飲みまくろ」

「もう一度、入院すれば？」

綿野がそう言った。

「なんで」

「毎日通ってると、また宮野さんに目をつけられるよ？　もうここで暮らしなよ」

「引っ越しみたいな気軽さで言うなよ。もう入院は懲《こ》り懲りだ」

入院も自宅謹慎も、最初の二日は物珍しさに胸を躍らせていたが、三日目の朝にはもう飽き飽きしていた。自由を束縛された上での退屈は心身に悪い。

綿野はどうやって、無限に続く退屈をやり過ごしているのだろう。趣味とか、生きがいとか。時間を消費する上で向き合うべき物事があるはずだ。僕の興味に応えるかのように、綿野のスマホが鳴った。

通知音。

「あ、配信」

パステルカラーのスマホを取り出し、通知を指でたどる。動画が開くと、綿野はイヤホンを耳に押し込んだ。置いてけぼりにされた僕は横から画面を覗き込んだ。

綿野は無言でイヤホンの片側を差し出してきた。これってちょっと青春っぽいなと胸が高鳴る。無線イヤホンなのが悔やまれる。

イヤホンから歌が流れる。女性の声で、殴るように。

学校が息苦しいという。自由がわからないという。壊したくない夢があるという。ああ時間がない。時間が足りない。駆け足のリズムで目まぐるしく。

繊細なイラストが歌を追う。色鉛筆のタッチで描かれる制服姿の二人。歌に急かされるように手をつないで走る。

「すごいよね。歌はあんまりだけど、このイラスト。めちゃくちゃ綺麗」

綿野は柄《がら》にもなく投稿者を褒めちぎった。僕も同感だった。歌はお世辞にも上手とは言えないけど、イラストは美しかった。小さな画面の中で、二人の男女が目一杯息をしているのが伝わる。

「才能あるな。好きになった」

僕が手放しで褒めると、綿野は自分の手柄のように無邪気に喜んだ。この投稿者は作品を全て一人で作り上げているらしい。歌もオリジナル。イラストも描き、動画編集もこなす。とんでもない労力に違いない。

「高校生なんだって」

綿野がプロフィール欄を見せる。真偽は定かでないが、僕たちと同い年の女子らしい。綿野は他にもいくつか紹介したい作品があるらしく、投稿順に手繰《たぐ》っている。

「この人の動画見てると、ちょっと死ぬのがもったいない」

おすすめを探すついでに、ぽろっと本音がもれる。

胸がずきりと痛む。僕は綿野から目を逸らした。

逸らした先に、ちょうど中年の女性が目に飛び込んだ。ゆったりとしたカーディガンを羽織った細身の女性。総合案内で受付と二言三言交わして、僕たちに目を留めた。

「あれって綿野のお母さん?」

僕が視線で指すと、綿野は顔色を失った。

「なんで」

舌打ちとも取れる声を漏らした。

「ごめん。今日はこれまで。バイバイ」

綿野は僕に空き缶を押し付けると、逃げるように立ち去った。綿野は母親と合流して、なにか囁きあっている。

きっとこうだ。「あの子は？　お友だち？」「違う」「ちょっと挨拶してこようか？」「やめて」「でも、せっかく」「いいから」

いいから。という喚きだけロビーに響いた。待合の患者たちがこぞって視線を結ぶ。綿野は俯いたまま下唇で「ごめんなさい」とつぶやいた。そのまま糸が切れたようによろめき、母親に抱き留められた。脱力した綿野を抱え、母親がこちらに向いて頭を下げる。僕も反射的に頭を下げた。

綿野を看護師に預けてから、綿野の母親（とりあえず「おばさん」と呼ぶことにする）は僕に近づいてきた。

「ごめんなさい。わがままな子で。娘と仲良くしてくれてありがとう」

綿野にあんまり似ていない。顔のパーツが全体的に小さい。疲労がシワに刻まれている。

「ところで、あなたはどうして病院に？」

柔らかい物腰に警戒心が透けて見える。尿路結石で入院していた時に知り合って。そう答えると、難しい顔をした。

「そ、そう。若いのに大変ね。今も悪いの？」

「いえ。でも定期検診を受けないといけないんです」

看護師の言葉を思い出して咄嗟《とっさ》の嘘をつく。

「そうなの。お大事にね」

「綿野さん、加減がかなり悪いって聞きました」

おばさんは目を泳がせた。

「詩織《しおり》っていうの」

おばさんは僕の質問をはぐらかした。

「ああ、そうか。すみません。しおりさん」

僕は、初めて耳にする単語にイントネーションを外してしまった。

「詩織さん、もしかしたら死ぬかもしれないって」

怒鳴られるのを覚悟の上で尋ねる。

「そう。あの子、誰にも話さなかったのにね」

おばさんは小ぶりな鼻をすすった。

「もう、長くないだろうって。先生が」

声に涙が混じる。

余命いくばくもない。綿野の口から聞くのと、その母親から聞くのとでは、現実味が全然違った。

「ねえ」

おばさんは喉を詰まらせながら続けた。

「あの子の、最後のお友だちになるだろうから、その……他のお友だちを紹介してもらえないかしら」

ん？

んん？

頭が混乱する。それは、つまり。

「チェンジってことですか」

自分で選んだ言葉がぴったり当てはまった。自虐的な笑いが込み上げる。そうか。母親にしてみれば、娘の最後のお友だちが、僕みたいな根暗少年では不満なのだろう。

「あ、いや、その、お友だちは多い方がいいから。あの子も、最後だから。外のいろんな人を知った方がいいと」

失言を挽回しようと早口になる。

「僕、友だちいないです。ごめんなさい」

頭を下げて踵を返す。

全く。娘思いな母親だな。ちくしょう。


居間のソファでテレビを見る。お笑い番組、バラエティ、深夜アニメ、ドラマ、一分で終わる天気予報。どれもこれも今の気分にそぐわない。諦めてユーチューブに接続を切り替える。母親が、癒しの動物動画を大画面で見たいと、家電量販店で勧められるままに接続機器を購入した。本人は、操作が面倒で一週間もたたずに飽きてしまったようだが、僕はマメに利用している。僕のアカウントにリンクさせる。登録したチャンネルがおすすめの心霊動画を垂れ流す。綿野が教えてくれたチャンネルを検索する。マニキュアで塗った爪だけを写したアイコン。目についた動画を再生する。

目を閉じて耳を澄ませる。若い女性の歌声。機械で音声をいじっている、少し鼻にかかった作り声。音程が外れるたびにベースが補完する。

瞼を持ち上げる。一面の草原。人間も、動物も、太陽すら描かれていない。灰色がかった草の海。歌が遅れて流れる。

才能だな、と思った。

僕と同じ十六歳でも、すごいやつはいる。

さっきニュースで、十六歳が競泳の新記録を打ち立てたと報じていた。テレビカメラに白い歯を向ける浅黒い少年。眩しい笑顔がカメラのフラッシュに焼き付けられる。

留学した青木のように、同い年でも英語をペラペラに喋れる奴もいるし、写真で賞を取った生徒もいる。この投稿者のように、一人で世界を作り出している人もいる。とても同じ高校生とは思えない。

それに引き替え、僕の積み重ねてきた十六年に、一体なんの価値があるのだろう。これまで、なにを積み上げてきたのだろう。

思い返しても、小学生、中学生、そして高校生。それくらいの遍歴《へんれき》しか持ち合わせていない。胸を張って成し遂げたことなどなに一つ無い。その報いだろう。

チェンジを要望されてしまった以上、もう僕の出る幕はない。できることといえば、綿野の最後を華々しく飾りつける「友だち」を紹介することくらいだ。

綿野は僕に不幸を教えてと言った。

生きていてもつまらない事ばかりだと信じるために。

この世界に見切りをつけるために。

本当にそう切望しているのか、それとも救い難いほど続く退屈をしのぐための一時の気まぐれだったのか。それは知らない。けれど、やっぱり不幸よりは幸せな方がいいに決まっている。世界を見捨てて一人で死んでいくよりは、世界に受け入れられて心安らかに逝った方がいい。価値観や境遇とは無縁の、一種の真理みたいなものだ。

僕は、僕ではない誰かにバトンを渡して、さっさと退散するべきだ。どうせなら後釜《あとがま》は、恋愛映画に登場するようなイケメンがいい。それなら綿野の母親も納得するだろう。スマホをいじる。矢野とのラインにメッセージを吹き込む。高校デビューに成功した矢野なら、イケメンの知り合いも多いだろう。

『いい男、紹介してくれよ。できればイケメンで』

説明が足りなかった。僕の悪い癖だ。既読がつくと電話がかかってきた。通話ボタンを押すと、矢野の切羽詰まった息が聞こえてきた。

「なにがあったの？」

開口一番、僕を本気で心配する声。

「なにがって、」

「え？　あんたやっぱり男が好きだったの？」

「いや、別に」

互いに混乱する時間が挟まれる。僕はやっと自分の不手際に気がついた。

「ああ、ごめん。紹介って、僕にじゃない。女子の知り合いにイケメンを紹介して欲しいって意味」

矢野は困惑しながらも、頭の整理がついたようだ。

「あんた昔から説明が下手。てか言葉が足りない」

ひとしきり説教されたのち、「相手って、病院で知り合った女友だち？」と探りを入れられる。

「矢野って、カースト上位じゃん。イケメンの一人や二人、紹介するくらい朝飯前なんじゃない？」

矢野は少し黙り込んだ。言い出すのを躊躇っているような気まずいタイプの沈黙。

「私、あのグループにあんま馴染めてないから」

鳩尾を叩いて出したような苦しげな声だった。

「そんな風には見えなかったけど、そういうものなんだ」

考えをまとめずに喋る。矢野は苛立たしげに「ちょっとは心配しろ」と声を荒らげた。

「知り合いの知り合いの知り合いでもいいから」

食い下がるも矢野のプライドを傷つけたらしく、荒々しく電話を切られた。

困り果てていると、しばらくしてメッセージが入った。

『めっちゃ性格悪いイケメンなら紹介してあげる』

僕はそれを受けることにした。


入道雲が駅舎から湧き上がる。午前十一時のプラットホーム。

焼けつく日差しに線路が陽炎《かげろう》を立てる。野球帽を脱ぎ、汗を拭う。

腕時計の文字盤を睨む。約束は十時のはずだった。すでに一時間待たされている。リュックから水筒を取り出し、水を飲む。この炎天下で脱水にでもなれば、尿路結石再発まっしぐらだ。痛みを思い出し、腰が疼く。

時間を守れない人間は、なにかしら人格の破綻が見受けられる。十六年かけて培った小賢しい知恵の一つだ。

矢野が紹介してくれたのは、別のクラスの男子だった。ついこの間、彼女と別れたらしい。女の子と引き合わせたいと矢野が打診したところ、二つ返事でOKしたとのこと。前情報だけでも良い印象を持てない。

矢野からもらった相手の連絡先に何度もかけたが、梨《なし》の礫《つぶて》。

あと十分だけ待って来なければ縁がなかったと諦める。千円で買ったデジタル腕時計をストップウォッチに切り替える。目まぐるしく数字が回転する。セミの声が耳を叩く。車酔いに似た酩酊《めいてい》を感じる。

残り二分で奴は現れた。

「喉渇いた。なんか飲み物ない？」

挨拶抜きで要求から入ってきた。そいつは僕より五センチ以上背が高く、リネンシャツにチノパンツという、いたってまともな服装でやってきた。髪の毛を柔らかく撫《な》で付け、染めてはいない。なにより姿勢がとても良かった。

「思ってたんと違う」

もっとチャラチャラした奴が来ると思っていた。彼は僕の独り言を拾い、「よく言われる」と笑った。僕が自販機に小銭を入れると横から顔を突っ込み、よく吟味してから塩炭酸なる直球勝負の商品を選んだ。キャップを開け、上品な仕草で口をつける。三分の一を飲んだあと、僕に差し出してきた。

「待たせてごめん。残りやるわ」

炭酸越しに揺れる男の顔は、夏の空に似合っていた。

「僕、塩分ダメなんだ」

尿路結石に過度な塩分はご法度らしい。

「ああ君、尿路結石だっけ。あれ辛いらしいね」

そう言うと手を引っ込め、もう一口飲んだ。

「親父が昔それで倒れてさ。傍目から見てもマジで辛そうだった」

それだけ言うと、点字ブロックにペットボトルの残りを流した。

「さ、行こう。だいぶ遅くなった」

まるで僕の方が時間に遅れたというように、彼は僕の手を取って颯爽《さっそう》と駆け出した。

斎藤一真《さいとうかずま》と名乗るその男は、想像以上に危ないやつだった。

電車では当然のように優先席に座り、僕を見上げながら色々と話を振ってきた。

「お前のこと、なんて呼べばいい？　道歩くんだから、ミッチーとか？」

「道歩でいいよ」

「わかった。俺のことは苗字で呼べ。斎藤でいい」

斎藤は饒舌だった。一昨日別れた彼女への恨《うら》み言、自分の正当性、カラオケの十八番を突然歌い出し、今度はけろっとした顔で矢野についての苦言を連ねる。「あいつ、勝手に劣等感持って、引いてるんだよね。ほら、あんまり俺らのグループみたいにノリ良くないじゃん。で、タチ悪いのが、そのくせ自分は他の人間とは違うって思ってて、下手なプライド引きずってんだよ」などなど。とりとめもない話ばかりだが、斎藤の喋りには引き込まれるものがある。画面の向こうのアイドルを応援しているような気分だ。

「髪、染めないんだね」

僕が話の腰を折って質問すると「俺の美学だから」と適当に受け流された。

「ところで、その女の子、体悪いの?」

斎藤がそう尋ねてきた。

「病院には、体の悪いやつしかいないよ」

「精神科病院かもしれないだろ」

思わぬ隙をついてきた。

「そっか。そうだね。うん、体が悪い」

「薄幸の少女か。俺初めてだわ。どんなんだろう。かわいい？　楽しみだなあ」

斎藤は胸を躍らせて、これから会う少女に思いを馳《は》せている様子だった。

電車を降りた途端、斎藤は空腹を訴えた。病院内にコンビニとイートインスペースがあると説得したが、コンビニ飯なんか嫌だと譲らなかった。

ランチタイムをやっている小洒落た喫茶店に飛び込み、斎藤はナポリタンを注文した。僕は親以外と喫茶店に入ったことがなかったので、緊張してコーヒーしか頼めなかった。背伸びして飲んだブラックコーヒーは砂場の味がした。かたや場慣れしている斎藤は、皿を運んできた店員と雑談まで交わしている。

食事が終わると斎藤は会計札を僕に押し付けるや、外でタバコをふかし始めた。筋金入りのクズだ。電車賃も立て替えさせられ、僕の財布は小銭しか残っていない。フリスクを噛んでいる斎藤に「もう金ないから」と告げると、心底めんどくさそうな顔をして、「花は？」と尋ねてきた。

「花？」

尋ね返すと、斎藤は立ったまま貧乏ゆすりを始めた。

「お見舞いに花持ってかなくてどうすんだよ」

言われてみればその通りだ。しかもつい先日、綿野に極楽鳥花をプレゼントすると約束したばかりなのに。自分の不甲斐なさは一旦棚に上げて、斎藤にぶつける。

「斎藤が金出せばいいじゃん。近くに花屋がある」

「やだね。頼まれごとをされた時は、俺は一円だって出さない」

「それも美学？」

「そ」

短い応酬。斎藤と会話していると、テニスのラリーをしているような爽快感がある。

「なんでも美学って言えば許されると思うなよ」

「いいんだ。道歩みたいに半端な生き方してないから」

涼しい顔で耳の痛いセリフを突き立てる。僕はこの男に敵わないと降参した。斎藤は首を巡らせて、民家の軒先に目をつけた。そこには朝顔が一輪、青紫の花を咲かせていた。土に刺さった段ボールの立て札には、子どもの字で「かんさつよう」と書かれている。斎藤は迷いのない足取りで近づくと鉢植えを抱え上げた。玄関の向こうで、小学生くらいの男の子が笑っている。

「これでいいや」

斎藤は白昼堂々と盗みを働いて帰ってきた。

「ひどいやつだな」

さすがに閉口する。斎藤は僕に植木鉢を持たせ、率先して病院へ入って行った。

「病室どこ」

正面玄関の自動ドアをくぐるなり、斎藤は振り返った。

「知らない」

僕は綿野の病室を知らない。いつもラインのやりとりで約束の時間を決め、ロビーで落ち合っていた。

「役に立たねえな」

舌打ちを残して受付に向かう。簡潔なやり取りで受付の女性から綿野の部屋番号を聞き出す。

「道歩さ、もっと相手に関心を持とうぜ」

鷹揚に背中を叩かれる。別に無関心なわけじゃない。ただ、綿野の個人的な空間に足を踏み入れるべきではないと考えていただけだ。などと釈明したところで、斎藤が聞く耳を持つとは思えないが。

一〇一三号室に続く十階のエレベーターが開いた時、綿野と鉢合わせた。正確には、綿野が母親に付き添われてエレベーターに乗り込んできた。

綿野は、僕たちを見つけるや目を見開いた。おばさんも同じだった。綿野はいつも身に着けている浅葱色のパジャマではなく、外行きの格好だった。おそらくおばさんのチョイスだろう、少し高級なカタログをそのまま切り抜いたような、十六歳らしい服装だった。

斎藤は僕を押しのけて、おばさんの前に出た。綿野本人には目もくれず、まずは母親から攻めるらしい。計算高い奴だ。

「俺、斎藤一真っていいます。道歩くんの親友です」

どの口が言うか。

「あ、これ」

斎藤は臆面もなく鉢植えを差し出した。

「俺、お見舞いとか初めてで。朝顔がふさわしいかどうかわからないんですけど、綺麗だったから買ってきました」

よくもまあスラスラと嘘を並べられるものだ。今頃あの小学生は観察日記を手に茫然としているだろう。

おばさんはぎこちない笑顔で応え、恭しく受け取った。当の綿野は、僕に目配せして説明を求めている。

「僕の友だち。たぶんいいやつだから」

「ほんとに？　ていうかこういう時は連絡してよ。びっくりするじゃない」

「ごめん、忘れてた」

僕たちがこそこそ密談している間にも、斎藤はにこやかに話を進めていた。

「おばさん。どこか出かけるところですか？」

屈託のない笑顔に、おばさんはあっさり警戒を緩めた。

「ええ。日曜日は近くのレストランで食事をすることに決めてるの」

開きっぱなしで待っていたエレベーターが痺れを切らして扉を閉めた。

「あ、そうだ。せっかくお友だちが来てくれたんだから、どう？　三人でお食事してきたら」

いいアイデアと自画自賛して、おばさんは娘を前に差し出した。ほらみろ。やっぱりイケメンは正義なのだ。

それにしても綿野は意外に人見知りなのか、さっきからずっと母親の手を握っている。

「いいんですか？　いつも食事はどこに？」

斎藤が要領よく情報を集める。

「いつもは向かいのレストランだけど、でも、どこでも好きなところでいいのよ？　いつも同じ場所じゃ飽きちゃうだろうし」

ねえ。と娘に微笑みかけると、綿野はぎこちなく笑顔を作った。

「食事制限とか大丈夫だったら、マクドナルド行きません？」

斎藤の提案に、おばさんはファンのように手を叩いて頷いた。

「そうね。ジャンクフードなんて滅多に食べないし。十代なんだから、そういうの食べたいよね」

「よし、じゃあ決まり。いつまでに戻ればいいですか」

「そうね。検診があるから、午後の六時までにお願いするわ」

「わかりました。具合悪そうだったら、すぐに電話しますんで。あ、電話番号教えてもらっていいすか」

斎藤は商談成立とばかりにおばさんと連絡先を交換した。

「じゃあ、六時には戻りますんで」

約束して、おばさんと別れた。

綿野が無言で僕の袖を引っ張る。人付き合いに慣れていない綿野は、あまりにもスペックの高い斎藤のトークに怖気づいている。僕もそうだった。

「大丈夫。悪いやつじゃないと思うから」

小声で話すと、綿野はしかめ面を作った。


「綿野さんって下の名前、なんていうの？」

道中、斎藤が馴れ馴れしく話しかける。綿野は僕を一瞥してから、「綿野でいいよ」とさりげなく拒否を示した。

マクドナルドのカウンターで斎藤はビッグマックのセットを頼んだ。さっき昼飯を食べたばかりだというのに、旺盛《おうせい》な食欲だ。僕は帰りの電車賃を諦めて泣く泣くアイスティーだけ注文する。綿野はメニュー板と睨めっこしたまま動かない。

「綿野って、マクドナルド、あんま来ない？」

僕が尋ねると、綿野は記憶を辿るように上を向いた。

「小さい頃、食べたと思うけど。どんな味か忘れた」

綿野の答えに、斎藤が割って入る。

「わお、お嬢様って感じ？　カップラーメンも食べたことないとか」

「お嬢様じゃないけど、カップラーメンは食べたことないなあ。病気で濃い味付けのもの、あんまり食べたいと思わなかったから」

「ああ、なるほどね。今は大丈夫？　食べたくなかったら、飲み物だけでもいいし、無理しないでね」

斎藤の心遣いに綿野は首を横に振った。

「食べてみる」

挑むようにシンプルなハンバーガーを単品でオーダー。

テーブル席に向かう。斎藤は綿野の椅子を引いてから、肩に手を添えて座らせた。綿野は戸惑いながらもリラックスした様子だった。斎藤のさりげないエスコートに、僕は感心すると同時に嫉妬《しっと》の念を覚えた。あんな気遣い、僕には逆立ちしても真似できない。

ひと心地ついたあとは、斎藤の独壇場《どくだんじょう》だった。

「綿野さんって、高一？　誕生日いつ？」

四月と答える。僕は綿野の誕生日なんか知らなかった。友人関係を築く上で序盤中の序盤に出てくる会話など、僕たちの間にはついぞなかった。綿野はスラスラ続ける。

「でも、高校生じゃないの。中学は卒業できたけど、高校はどうせ通えないだろうからって受験しなかった」

「ああそうか。義務教育じゃないもんね。単位とか、進級とか、難しそうだしね」

「うん」

「あー、でも、もし綿野さんが同じ高校だったら、言い寄ってたかもしれない。綿野さん、顔可愛いし」

綿野は、はにかむように俯いた。

僕は激しい疎外感に苛まれていた。斎藤を紹介するという任務を達成できた今、僕はさっさと引き下がった方がよいのではないか。アイスティーの糖分が喉にベタつく。

綿野はハンバーガーの包みを解いて、いろんな角度から観察している。幼少期の記憶を探り、食べ方を思い出しているかのようだ。やがて納得のいく攻め方を見つけたのか、ガブリと大きく歯を立てた。むしり取られたハンバーガーとリスのように頬を膨らませている綿野。固形物を食べるという、生きるための行為を綿野は僕に見せたことがなかった。

その事実に気づき、僕は胸が苦しくなった。

「俺のポテトも欲しかったら適当にどうぞ」

斎藤がポテトの袋を破いてシェアする。

「ありがとう」

綿野がにこりと微笑んだ。

ああ、やはり僕は消えるべきだ。二人がおしゃべりしている姿は、幸せな高校生そのもののじゃないか。綿野の母親は、こういう「普通」を望んでいたのだ。そして、綿野自身も。決して口にはしないが、幸せな時間を過ごす方がいいに決まっている。あんなに楽しそうな綿野は初めて見る。

「じゃあ、僕はこれで」

よくわからない接続詞でお茶を濁《にご》し、僕は席を立った。

綿野は「え、もう帰るの？」と形だけ反応し、すぐに斎藤との談笑に戻った。

胃液が喉の奥まで逆流してくる。僕はずるいやつだ。席を立つその瞬間まで、綿野が引き止めてくれるかもしれないと、どこかで期待していた。引き止めないまでも、困った顔くらいするだろうと勝手に思い込んでいた。

引っ込みがつかなくなった僕は、尻尾《しっぽ》を巻いて逃げるしかなかった。

一歩店の外へ踏み出すと、皮膚が膨張するような熱気に包まれる。うだるような暑さで、白いアスファルトにも陽炎が立っている。そのまま流れて右に目をやると大海原が見える。時折潮の匂いが漂う。

財布を開く。もうジュース一本も買えない。無論、帰りの電車賃もすっからかん。とはいえ歩いて帰るにはあまりにも暑い。

「歩こう」

歩きたかった。死の行軍となるのは目に見えていたが、それでも歩きたかった。線路に沿って歩く。朽ちた木の柵が延々と続く。見上げると、無秩序な架線が押し迫る青空に溶けていた。

百メートルも進まないうちに顎を出す。屋根の無いバス停のベンチに腰を下ろす。熱線が皮膚をくまなく焦がす。太陽を睨み返す。焼き魚みたいに網膜が白く焼けついた。反射的に視線をスニーカーに避難させる。見たこともないスポーツメーカーのロゴが剝がれている。長い間洗っていない。キャンバス生地の甲には薄汚いシミが広がり、カビまで生えている。どうしてこんな靴で来てしまったんだろう。シャツだって、母親が地元スーパーの衣料品コーナーで買ってきた謎の英語プリント付きTシャツ。グーグル翻訳にかけると「タオルでワキを拭け」と意味不明な直訳が表示された。今すぐ脱ぎ捨てたくなる。

斎藤のイメージが目の前に立つ。シャツもズボンもシミひとつなく、きちんとアイロンがけされている。靴も無難な合皮で、高校生として妥当なブランド。髪の毛も、爪も、手入れが行き届いている。ニキビなんてひとつもない。同じ高校生でも、弛まぬ努力と僅かな出費で、大人顔負けの印象を得ることができるのだ。

目の前に浮かぶ具体的過ぎるイメージは、幻覚ではなく本物だった。

「よう。カッコ悪いな、道歩は」

斎藤は眩しそうに目を細める。手でひさしを作ってできた濃い影が鼻にかかる。

「綿野は？」

半ば朦朧《もうろう》とした意識で斎藤に尋ねた。立ちあがろうと思ったが、腰に鈍い痛みが走り、よろよろと座り直した。

「今頃マクドナルドで待ちぼうけ。トイレ行くって嘘ついて出てきたから」

根っからの悪人だ。

「気に入らなかった？　綿野」

「ああ。これっきりだな。俺、やっぱ病人は無理だわ」

斎藤は項垂《うなだ》れて、足元に向かってそうつぶやいた。僕は斎藤の作り出す影ばかり見ていた。

「俺さ、お袋が肝臓《かんぞう》ガンで死んだんだ。中学の時」

斎藤は歯に挟まったものを取るように、口の中で舌を回している。

「それで、あの子見て、無理だと思った。なんでだと思う？」

僕の返事なんか待つ気もなく、斎藤は畳《たた》みかける。

「顔。顔がそっくりだもん。死ぬ前のお袋に。どよーっとした、生きてんのか死んでんのかわかんない、あの顔。あの子、かなり悪いんだろ？」

斎藤は唾を吐いて、自分の質問ごと足で踏み躙った。

「三ヶ月もたないな、あれは。死ぬ三ヶ月前のお袋、あんな顔だった。お袋思い出して、とてもじゃないけどヤれないよ」

息苦しそうな声だった。斎藤の肩がやけに小さく見えた。

僕は「やっぱり、死ぬんだよなあ。綿野」とため息まじりにこぼした。斎藤の姿が、やけに遠くに像を結んでいる。

「死ぬよ。お前、あの子のこと好きなんだろ？　さっきだってヤキモチ焼いてたし」

「うーん。どうだろ」

後ろめたさと覚悟不足で、僕は言葉を濁した。

「早めに決めとけよ。好きな人として接するか、暇つぶしの相手として接するか」

僕が返事に窮していると、斎藤は大きく息をついた。

「道歩はさ、自分のことしか考えてないよな。綿野さんのこととか、真剣に考えてないだろ」

「そんな」

ことはない、と言い切れなかった。

「見てりゃわかる。友だち、っていう都合のいい言葉に甘んじて、責任逃れしてる」

「別に、友だちは悪い言葉じゃないだろ」

「そっか。まあいいや。どんな道を選ぶとしても、せめて、これが俺の美学だって胸を張って言えるようになれよ」

「斎藤って、頭いいよな」

お世辞じゃなく、不意にそんな感想が口をついて出た。

「道歩さ。語彙が少ないんだよ。全然正確じゃない」

斎藤は時間をかけて首を横に振る。僕は斎藤の期待に応えようと頭を捻った。

「大人びてる？　いや違うな。かっこいい、でもない」

頭の中で国語辞典のページを捲《めく》る。五十音順に言葉を思い浮かべ、は行に差し掛かった時だった。

「老けてるね。中年みたい」

これだ。と口にした途端、顔面を殴られた。

鼻血がバクバク吹き出す。咄嗟に手のひらで血を掬う。指の間から勢いよく溢れ出す。顔を上げると、斎藤は無表情で拳を握りしめていた。

「美学って言うんだよ」

僕は彼から目を離すことができなかった。

斎藤には確固たる決意があった。どんなに後ろ指をさされようと歯牙《しが》にも掛けない気高さがある。

同じ十六歳。

お袋を亡くしたことが彼の決意の源だろうか。それは違う。僕は直感した。彼はそういう生き方を選んできたのだ。僕が無為に過ごしてきた十六年を、彼は自分の意思で切り開いてきた。

斎藤は血のついた拳をハンカチで丁寧に拭うと、太陽に向かって悠々《ゆうゆう》と歩き去った。

マクドナルドに戻ると、綿野は一人、テーブル席でそわそわ辺りを見回していた。僕を見つけると、ほっとしたような顔で手招きする。

「どしたの、その鼻」

僕の顔を間近で見ると、綿野は思わずのけぞった。

目立たない程度には洗い流したつもりだったが、シャツには血の跡が点々と飛び散っている。鬱血もひどく、赤黒い血の塊が皮膚を突き破らんばかりに浮き出ている。店員も訝しげな顔で遠巻きに眺めている。

「転んだ。暑すぎるんだよ。外」

支離滅裂《しりめつれつ》な説明。

「そう」

綿野はそれ以上詮索することはなかった。もっと気がかりなことがあるというように

「それよりも」と頭につけて、

「斎藤くん、トイレから戻らないの。倒れてるかもしれないから、見てきてくれない？」

と男子トイレを指さした。テーブルには、ゴミを載せたトレーが置き去りにされている。

綿野の心配をよそに、僕は斎藤の飲み残したジュースにありついた。

「斎藤な。腹壊したからって、帰ったよ。食べすぎなんだよ。あいつ」

僕の嘘を真に受けて綿野はさらに気を揉《も》んでいるようだった。

「一人で帰れるかな。ねえ道歩。私はいいから、斎藤くんを送り届けてくれない？」

綿野の健気な想いに、僕はいっそう気分が沈んだ。

「平気だよ。あれは殺しても死なないタイプだ」

「でも」

綿野は座ったままで息切れを起こしていた。僕がジュースを飲む姿を、恨めしげな顔で見上げる。綿野は、「ハンバーガーって、あんまり美味しくないね」と言いながら、一口味見しただけのハンバーガーを見つめた。

「病院食に慣れてたら、味がきついかもな」

綿野が目を伏せる。

「なんだか疲れた」

地の底まで沈み込むように、椅子にもたれかかった。

「外出ると、やっぱり疲れるよな。今日は特に暑いし」

「しんどい」

綿野は会話する気力もないらしく、一人の世界に閉じこもってしまった。

「なあ綿野。斎藤のこと、どう思う？」

綿野は「別に」とぞんざいに答えた。

「多分、お母さんは気に入るだろうなって、そう思った」

綿野はげんなりした口調でそう言うと、テーブルに突っ伏してしまった。

「道歩さ。なんで私に斎藤くんを紹介したの？」

腕組みの下で不満を漏らす。

「友だちは多い方がいいだろ」

教科書通りの正論。当然、綿野の反感を買う。

「いらないから。そういうの。しんどいから」

しんどい。何度も口の中でつぶやいている。予行演習を終えたのか、綿野は顔を上げてこう打ち明けた。

「先週、膵臓《すいぞう》とった」

僕は水を吹き出しそうになった。

「また、そうやって嘘ばっか言って」

もう騙されないぞと意気込む。綿野は店内を見回して、誰の目もないことを確かめてから、シャツを胸まで捲り上げた。浮き上がる肋骨《ろっこつ》の下、薄い肉がファスナーのように縦一直線に縫《ぬ》い閉じられていた。

「うわ痛ったそー」

僕が目を背けると、綿野は満足げにシャツを下ろした。

「まさか、この前電話で言ってた手術の話って、嘘じゃなかったのか？」

取り乱す僕を尻目に、綿野は平然と頷いた。

「道歩のイジメの話があんまり可愛そうだったから、つい手術のことは嘘って言っちゃった。ま、死んでる内臓が腐っちゃう前に取り出しただけだから」

消費期限が過ぎた、くらいの軽さで言ってのける。

「ハンバーガー食べてる場合じゃないだろ」

綿野の食べ残しにもう一度目をやる。

死期を早めてしまうのではないか。

「次は胃を半分切除するんだって」

綿野は安売りするように内臓の名前をよぶ。

「それでおしまい。あとは緩和ケアに入るだけ」

これ以上タネも仕掛けもありませんとばかりにパッと両手を広げた。

「早いなあ」

「早いよ？　同じ十六歳が、コンサート行ったり、カラオケ行ったりしてる間に、私の体はどんどん死んでいく。道歩はもうじき夏休みだよね。楽しみなこととかないの？　ほら、斎藤くんと旅行に行くとか」

「あいつは友だちじゃないから」

種明かしすると、「だろうと思った。釣り合わないもん」と驚く様子もなかった。

「ひどい言い草だな」

苦笑してから「まあ、今年は祖父ちゃんの墓参りにも行かないらしいし、特に用事はないな。綿野はどこか行きたい場所とかある？」と誘ってみた。

「ない。疲れるだけだから」

悲観的な息を漏らす。

「近所の夏祭りとかでも？　ほら、毎年海岸でやってるやつ」

町内会の掲示板にチラシが張り出されていた。地元の小学生が描いた下手くそな花火、浴衣《ゆかた》姿の親子。幸せな絵。

「いい。花火うるさいし」

祭りの目玉を否定されたら、もはや誘う意味はない。

どこか、綿野と思い出を作れる場所はないか。少しでも多く、綿野の顔を見ることはできないか。僕は初めて真剣に、焦燥《しょうそう》という感情を覚えた。

「道歩さ、うち来ない？　生前整理、手伝ってよ」

綿野が思いつきを口に出す。

「綿野の家？　やめとくよ。おばさんに嫌がられる」

そうこぼした途端、綿野の目つきが変わった。

「やっぱり、お母さんになにか言われたんだ」

豹変《ひょうへん》する綿野の口調に、僕はしまったと息を呑んだ。

「いや、なにも」

「なに言われた」

「だからなにも」

「おかしいと思ったんだ。急に斎藤くんみたいなイケメン連れて来て、デートまがいのことさせて。お母さんも様子が変だったし」

綿野はヒステリックに膝を揺すった。穏やかだった店内が緊迫した空気に包まれる。

「私のことなんて誰も考えてないんだ。ほんと馬鹿みたい。だから嫌なんだ、人と関わるのは。もう手遅れなんだって、どうして気づかないんだろう。ああ嫌だ。綺麗な景色をバックに記念写真撮って、美味しいもの食べて、その場しのぎの友だち作って、ウソっぽく笑い合って。そんなことして、私が救われると思ってるの？　惨めなだけじゃない」

テーブルを叩いて喚き散らす。周りの客が何事かと首を伸ばした。

「死ぬことについて一ミリだって考えてない人たちが、気持ちよく人を死なせるために躍起になってる。バカバカしい」

首がもげるほど激しく横に振る。

「ねえ。私のことを忘れないで、とか、最後の思い出を作ろう、とか、そんなセリフ期待

郵便はがき

おそれいりますが
切手を
お貼りください

102-8519

東京都千代田区麹町4−2−6
株式会社ポプラ社
一般書事業局　行

お名前	フリガナ	
ご住所	〒　　-	
E-mail	@	
電話番号		
ご記入日	西暦　　年　　月　　日	

上記の住所・メールアドレスにポプラ社からの案内の送付は必要ありません。□

※ご記入いただいた個人情報は、刊行物、イベントなどのご案内のほか、お客さまサービスの向上やマーケティングのために個人を特定しない統計情報の形で利用させていただきます。

※ポプラ社の個人情報の取扱いについては、ポプラ社ホームページ（www.poplar.co.jp）内プライバシーポリシーをご確認ください。

ご購入作品名

■この本をどこでお知りになりましたか？

□書店（書店名　　　　　　　　　　　　　　　　　　）

□新聞広告　　□ネット広告　　□その他（　　　　　　　　　　）

■年齢　　　歳

■性別　　　男・女

■ご職業

□学生（大・高・中・小・その他）　□会社員　□公務員

□教員　□会社経営　□自営業　□主婦

□その他（　　　　　　　　）

ご意見、ご感想などありましたらぜひお聞かせください。

ご感想を広告等、書籍のPRに使わせていただいてもよろしいですか？

□実名で可　□匿名で可　□不可

一般書共通

ご協力ありがとうございました。

してるんだったら、もう二度と顔を見せないで」

「綿野。お前ん家、行くわ」

僕は紙ナプキンで折り鶴を折って、綿野の前に差し出した。綿野は肩を上下させて呼吸を宥めている。折り鶴を鷲摑みにして、僕の目を凄まじい形相で睨みつけた。

「形見分けなんか、しないから」

「いらねえよ」

僕は鼻の奥がツンと痛くなった。心を痛めたからではなく、単なる鼻血だった。


綿野は最期を迎えるに当たって、わずかな期間だが帰宅を認められた。

綿野の家は病院から程近い、海の見える丘に建っていた。二十年ほど前に開拓された新興住宅地。同じ田舎でも所得水準の高い人間が住む一等地だった。

「いい眺めだな」

日光をふんだんに取り込む大きなガラス戸。そこからウッドデッキに出ると、庭が広がる。ゴールドクレストの木が青々と茂っている。手入れの行き届いた庭園。蔦の這うブロック塀の先には、海が一望できる。

「庭のある家って、初めてだ」

サンダルに履き替えて庭へ降りる。太陽に照らされたガーデンテーブル。備え付けのパラソルを見様見真似で開き、ゴシック風のチェアに腰掛ける。ふんわりとした芝生が気持ちいい。汗を吸った野球帽を脱いでテーブルに置く。喉が渇いた。

「あんた、人の家でくつろぎすぎ」

リビングから綿野が、団扇で顔を扇ぎながら僕を指さした。綿野は藍色《あいいろ》のゆったりしたズボンを穿いて、あぐらをかいている。ヘアピンで分け損ねた前髪が数本、汗で濡れて額に張り付いている。

「ていうか窓閉めて。暑い。冷房効かないじゃん」

名残惜しいが部屋に戻る。音のしない冷房、静音設計の冷蔵庫。時計の針も滑るように回転する。この家には音がない。

綿野は不承不承に腰を上げ、来客用のグラスに麦茶を注ぐと、倒れ込むようにテーブルに盆を置いた。氷がかち合い、涼しげな音が響く。

「静かだねえ」

外の物音に耳を澄ませるが、車の往来も、犬の鳴き声もない。

「寂れたところだから。昔は賑わってたらしいけど。もともと田舎だし、じり貧なんでしょ」

「なんだか僕の祖父ちゃんみたいなこと言うね」

「は？」

「ごめん、なんでもない」

波の音だけが底を這うように届く。唯一の音らしい音。床に尻を並べて二人で外を眺める。

一時退院の日、僕はいつものように綿野と病院で待ち合わせた。おばさんは僕を見るや、斎藤の姿を探して視線をさまよわせた。やがて僕一人であることを知ると、失礼を感じさせない、自然な動きで娘の前に立ちはだかった。でも、綿野はそれを見破っていた。母親を押しのけ、「今日は存分にこき使うから覚悟しておいてね」と、わざとらしく声を張った。おばさんが運転する車内は、ピリピリして生きた心地がしなかった。

玄関前に乗りつけると「ちょっと日用品買ってくるから」と僕らを降ろしてまた出かけてしまった。バックミラー越しに僕を見つめていたおばさんの顔が忘れられない。警戒の表情ではない。おばさんは、僕を人畜無害《じんちくむがい》な木偶《でく》の坊《ぼう》と認識している。そうでなければ、娘と二人きりで残したりしないだろう。

あの眼差しは、娘を不憫《ふびん》に思う母親の目だ。最後の時間を共にするのが、斎藤ではなく僕みたいなつまらない人間であることを憐れんでいるのだ。

「綿野の部屋って、二階？」

「うん。少し休んだら、案内する」

「トイレの場所だけ先に教えて」

「この頻尿め」

トイレを借りた帰り。げた箱の上に写真立てを見つけた。五歳くらいの綿野を挟んで、綿野母と綿野父が笑顔で写っている。綿野はまだ作り笑いを覚えておらず、仏頂面《ぶっちょうづら》で二人の間に挟まっていた。もう一枚、父親だけを収めた写真が小さく寄り添っていた。年齢は三十前後だろうか？　人の良さそうな顔。目元が綿野にそっくりだ。

綿野の部屋は思ったより散らかっていた。小学生の頃、クラスの女子みんなが持っていたキャラクター入りの筆立てが勉強机に置いてある。その横には急に年代が飛んで、中学のときに流行ったゲームが無造作に投げ出されている。本棚に並ぶ漫画は、どれも三年前から更新を止めている。

綿野はベッドに腰掛け、僕には座布団を勧めた。ローテーブルを挟んで部屋を見回す。

「あのポスター、今売ったら結構いい値段つくんじゃない？」

壁に貼られた黄ばんだポスターを指さす。今や飛ぶ鳥をおとす勢いの若手俳優が、まだ学生服を着て初々しく微笑んでいる。

「宝物なんだから、絶対売ったりしない。売るくらいなら燃やす」

「残すものって、なにかあるの？」

「あるよ」

綿野は立ち上がって、収納スペースとなっている一角にかかったカーテンを開けた。カラーボックスには、アルバムの類が隙間を持て余しながら立てかけてあった。色褪《あ》せた背表紙を一つ手にとる。綿野が卒業した小学校の名前が金文字で穿たれている。

僕は断りもなく彼女の歴史を開いた。綿野の通った小学校。校庭に集まって、屋上あたりから撮影している。まだ幼い綿野が眩しそうに目を細めている。ジャングルジムにしがみついてはしゃぐ綿野。林間学校でエプロンを身につけている綿野。照り返すプールサイドでデッキブラシ片手にポーズをとる綿野。

「めっちゃ撮ってくれてんなあ。僕なんか集合写真にしか写ってなかったよ」

羨ましがる。これが私立と公立の差か。

「見たからには、今度、道歩のも見せてよね」

「えー、そんな後出しジャンケン、無効、無効」

「口答えするな。絶対見せてよ。なんなら母子手帳とセットで見せて」

「それは嫌だな。さすがに恥ずかしい。あ、綿野の母子手帳みっけ」

「絶対見るな。見たら殺す」

「わかったって」

ピンク色の手帳を元に戻した。別に裸の写真が載っているわけでもないのに、生まれた時の記録というのは妙に恥ずかしいものだ。

「そーいや、中学の卒アルはないの？」

一通り目を通した後、中学時代の思い出が欠落していることに気づいた。

「思い入れないから、ずっと前に捨てた」

綿野はゴミ箱に投げ捨てる手真似をした。

「えー。もったいない。制服姿も見たかったのに」

「変態。気持ち悪い」

悪し様に罵ってから、「卒アルじゃないけど、制服着てる写真ならそっちのアルバムにあるよ」と、別の棚を指さした。

見落としていた水色のアルバムに手を伸ばす。開くと、フリルのドレスを身に纏《まと》った綿野がぎこちなく微笑んでいた。次のページには着物姿でお淑やかに写っている。次はお待ちかねのセーラー服。のはずが、上からパーカーを羽織っている。ちょっと残念。中学生の綿野は、素通りした学生生活を恨むような顔つきをしている。その次はワンピースに麦わら帽子。着せ替え人形のように、目まぐるしく衣装が変わる。

「お母さんが撮りたがるのよ。そういうの」

照れ隠しなのか、綿野はそっぽを向いた。

どれも可愛らしく着飾っているが、バックは全て写真店の背景布だった。

一番印象に残ったのは、薄くメイクをした綿野のアップだった。頬を薄紅《うすべに》に染め、唇は鮮やかな紅に輝いている。血色の悪い顔しか見たことのなかった僕には、初めて目にするカラー写真のように映った。「生きていた頃の綿野」そんなタイトルが不意に頭をよぎった。

「撮影されてる間、お母さんは嬉しそうだったけど、私はもうお葬式を出してるみたいで、やりきれなかったな」

フラッシュを焚かれるたび、死が一歩ずつ近づいてくる気持ちだったのかもしれない。

「このへんのは、全部残す感じ？」

「うん」

「アルバムは捨てられないよな」

僕がカーテンを閉じると、綿野は遠い目で頷いた。

「それはお母さんのために、とっておいてあげなくちゃ」

お母さんのために。か。

綿野はずっと、自分を押し殺してきたのだろう。この世に残される人たちを思い遣って。

綿野が目を伏せる。まつ毛が頬に影を作った。

「こればっかりは、もうどうしようもないんだ。もし、お母さんが耐えられないなら、自殺してもらうしかない。私が死ぬことでお母さんが地獄を見ることは、私にはどうしようもない。私がどんなに明るく振る舞ったって、二人で最後の瞬間まで語り合ったって、毎日一緒の布団で寝たって、あの人の絶望は癒せない」

綿野は堰《せき》を切ったように嗚咽を漏らした。初めて見る涙だった。

彼女は母親の幸せを切に願っている。母親もそれ以上に綿野を思っている。だが皮肉なことに二人の間には誰にも埋められない溝がある。親子愛なんかじゃ歯が立たない、絶対的な溝が。

僕は、綿野の骨張った肩に手を回そうとした。しかし、ギリギリで思いとどまる。今抱き寄せれば、僕の薄っぺらい同情心は満たされるかもしれない。でも、それは間違っていることだ。綿野の心を、これ以上僕たちの気休めに使ってはいけない。

だから僕は、綿野が泣き止むのを黙って待つことにした。遠くの海で波濤《はとう》が砕け散る。繰り返し、繰り返し、途切れることなく。


夕方になって、おばさんが帰ってきた。大きな買い物袋をいくつもぶら下げて、玄関のドアを尻で開ける。

「ただいまー。ごめんねー。遅くなっちゃった」

家中に高い声が響く。僕は階段をそっと下りながら、おばさんを迎えた。

「綿野さん、眠ってます」

僕がそう言って人差し指を口に当てると、おばさんも鏡映しのように慌てて人差し指を立てた。

「手伝います」

ペットボトルの入った重そうなビニル袋を選んで、手を貸した。

「ありがとう。そっか。詩織、寝ちゃったか。今日は外でバーベキューでもしようかと思って張り切っちゃったんだけど」

大量の荷物の理由はそれか。どうりで木炭やら七輪《しちりん》やらが揃っているわけだ。

「綿野さん、肉とか食べられるんですか？」

僕が水を差すように尋ねると、おばさんは銀歯を見せて笑った。

「別に食べなくてもいいのよ。気分だけでも盛り上げなくちゃ。それに、えーと、木島くんだったよね。君は育ち盛りだから、いくらでも食べられるでしょ？」

ずいぶん浮き足立っている。ついさっきまで、娘があんたのことで大泣きしていたのを教えてやりたい。

綿野が起きたらすぐに始められるよう、僕たちは手分けしてバーベキューの仕度に取り掛かった。庭に出て、七輪に木炭を入れ、網を洗う。クーラーボックス一杯の氷に、飲み物と食材を一緒くたに埋め込む。祭りは準備している時が一番楽しいと誰かが言っていた。その楽しい時間を分かち合うのが、どうして綿野ではなくその母親なのだろう。世の中に満ちた不条理の一つだ。

「木島くん。飲み物、先に飲んでていいから」

尿路結石を心配されているのだろうか。お言葉に甘えてクーラーボックスに手を突っ込んだ。ラベルで塩分を確かめてから、プルトップを起こす。剣のように冷えたレモンスカッシュが喉を伝う。

「木島くん。詩織、どう？　いい子にしてる？　入院ばっかりだったから、同じ年頃の子と上手くやれてるか心配で」

おばさんは額に汗を浮かべながら、火箸で炭を転がしている。

「綿野、えーっと、しおりさん。おばさんが思ってるより、ずっとしっかりしてますよ」

三者面談の教師みたいなセリフ。お互いテンポが噛み合わず、実に歯痒《はがゆ》い。

「そう。ありがとう」

おばさんはそう言うと、軍手のまま汗を拭った。

昼間の匂いを持ち越したまま日が暮れていく。色を薄めただけの夜がくる。蚊取り線香を焚いて、おばさんと向かい合って互いに虫除けスプレーを吹きかける。思いのほか冷たくて、水遊びをしているみたいにはしゃいだ。四十歳と十六歳が。間の悪いことに、そこへ綿野が起き出してきた。

「なにしてんの」

窓枠にもたれかかり、呆れかえった顔で僕たちを見つめる。途端に気恥ずかしくなって、誤魔化すように席についた。

網の上に肉を置き、三人で囲む。炭も安定した熱を持ち、いい頃合いだ。

綿野はカルピスを、僕はオレンジジュースを。おばさんはビールのプルトップを開ける。

「とりあえず、かんぱーい」

おばさんの音頭で、缶をぶつけ合わせる。喉を潤《うるお》したところで、肉を裏返す。おばさんがトングを持ち、肉奉行を引き受ける。立て続けに牛カルビを皿に盛られ、「ちょっと待って」と手で制す。しかし、おばさんは「遠慮しないで、ほら」と聞く耳を持たない。綿野が不審そうに僕たちのやりとりを傍観している。

たらふく肉を食わされたタイミングで、おばさんが新しいパックを破った時には戦慄《せんりつ》した。もしかして僕を殺そうとしてるんじゃないだろうかと邪推《じゃすい》が働いた。

「詩織、部屋の片付けは済んだ？」

　おばさんが箸休めに話を向ける。

「ぜーんぜん。ほとんど寝てた」

　綿野は黒コゲになった肉を一枚つまみ上げ、じっくり観察してから僕の皿に乗せた。僕の苦い顔を尻目に、「ねえ、服とかって、どうやって捨てたらいいの？」と話を進める。

「そんなこと気にしないで、お母さんに任せなさいよ。バザーとか、寄付とか。いくらでも方法はあるんだから」

「通帳とかどうしよう」

「だーかーら。そういう面倒なことは忘れなさいって。それに、無理に片付けなくてもいいのよ。置き場所に困るわけでもないんだから」

「困るでしょ」

　綿野の一言に、おばさんははなを啜った。二本目のビールに手をかける。

「お母さん。お酒もほどほどにしなよ？　いつまでも若い頃みたいに酒豪でいられるわけじゃないんだから。歳とか考えてさ」

　痛いところを突かれたらしく、おばさんはクーラーボックスの氷の海に缶を戻した。

僕は綿野親子のやりとりを、もどかしい気持ちで聞いていた。どちらも「死」という現実から、ギリギリ言葉を外している。バーベキューが腹を割って話し合う場じゃないことはわかっている。でも僕はほんの少し、綿野の母親が心配になった。

「あの、おばさん」

僕は居住まいを正して、おばさんに膝を向けた。おばさんはトングの手を止めて、冷や汗をかいているようだった。

「綿野……、えっと、しおりさん。最後の手術を受けるって聞きました」

「ええ。胃を摘出するの」

僕の話を遮るように、おばさんが先回りした。

「そのとき、僕も一緒にいてもいいですか？」

おばさんは不自然な瞬きを繰り返した。唇を引き結び、長い時間をかけて「それは」と言ったきり、口を閉ざした。

親子の時間に他人が土足で踏み込むべきではない。僕にだってそれくらいの常識はある。

でも、僕はもう傍観者でいたくなかった。

「お母さん、いいじゃない。そうしてくれた方が、私も心強い」

綿野が母親の袖をゆする。おばさんは苦悶《くもん》の表情を浮かべた。

「詩織が、そう言うなら」

そう言ったきり、落とすようにトングを置いた。

炭が燃え尽き、祭りの終わりのような寂寥《せきりょう》が漂った。


お腹が張って苦しい。とてもじゃないが寝られやしない。

最終バスに乗り遅れ、おばさんも酒を飲んでいるため運転ができない。おばさんは渋々宿泊許可を出し、客間に布団を敷いてくれた。

僕は胃薬を求めて地図アプリで付近の薬局を検索した。営業しているのは丘の下のドラッグストアのみ。歩いて行ける距離ではない。そうだ、置き薬。もしかしたら胃薬くらいは常備しているかもしれない。淡い期待を胸に、台所の棚を無断で漁った。

二つ目の引き戸の棚の中に、睡眠薬の分厚い薬袋が目に飛び込んできた。綿野君枝《きみえ》。おばさんの名前で処方されている。僕は居た堪れなくなって、戸を閉じた。

綿野君枝さんが心療内科で診察を受けている姿を思い浮かべると、やり切れない気持ちで一杯になった。

「木島くん」

暗がりから声が届いた。僕は口から心臓が飛び出しそうになった。電灯が灯る。心霊写真みたいに、おばさんが立ち尽くしている。

「すみません。胃薬とかないか探してて。勝手に漁ったのは謝ります」

「ねえ。木島くん。少しドライブでもしない？」

そう言って、おばさんは戸口に寄りかかって腕組みした。

「ドライブ、ですか。でもおばさん、まだお酒抜けてないんじゃ」

「君が運転するんだよ」

叩きつけるように命令する。

「運転免許、持ってません」

律儀に返すと、「いいんだ。飲酒運転よりはマシだろ」とどこか男性的な言葉遣いで封じられた。

ガレージの電動シャッターが開くと、厳ついバンがうずくまっていた。病院へ綿野を迎えにきた時とは別の車だ。もしかしたら綿野の父親の車かもしれない。鍵を受け取り、戦々恐々と運転席に乗り込む。おばさんは助手席のシートに背骨を沈め、据わった目つきで操作を教える。キーを回すと、エンジンが宙に浮くような唸りを上げた。

「どこ行くんですか」

「海。海に行こう」

場当たり的な指示に、僕は恐る恐るアクセルを踏み込んで街灯が立っているだけの夜道に出た。おばさんは、パワーウィンドウを全開にするよう指示した。

夜風が車内を吹き抜け、こもっていた革張りの匂いが攫われる。久しく乗られていなかったらしい。ところどころ埃をかぶっている。

停止線を見落として跨ぐと、おばさんは「はい、一時停止違反。減点二点」と囃し立てた。まだ酔いが醒《さ》めていないらしい。むしろバーベキューの時より酩酊しているのではないか。寝室で飲み直したのかもしれない。

「詩織さ、死ぬんだ」

思わずブレーキを踏み抜いた。急停止を感知して、ドライブレコーダーがカンカンと警告音を鳴らす。

「死ぬんだよ。あと三ヶ月なんだ」

おばさんはシートベルトを苦しげに外し、酒臭い息を漏らした。

三ヶ月。皮肉にも斎藤が予想した余命と合致している。やつの勘は天性のものだろう。

「遺伝なのかなあ。旦那も体が弱くってさ。心臓病であっけなく死んじゃったし。あの子が七歳の時だった。笑えるだろ？　私はこんなに丈夫なのに」

げた箱の上で微笑む写真。綿野の父親はやはり故人だったようだ。この車を選んだのも、久々に夫を思い出したからかもしれない。

「なんでかなあ。私、悪いことしたのかなあ。ずっと真面目に、浮気もしないで、仕事も家事もこなしてきたはずなんだけどなあ」

なんでかなあ？　と、うわ言のように繰り返す。遠くで海なりが聞こえる。この人は夫を亡くし、娘まで失うことになる。それはつまり、人生が振り出しに戻ることを意味する。共に過ごした思い出があれば、なんていうお粗末な綺麗事は通用しない。おばさんは今、本気で壊れるかどうかの瀬戸際に立たされているのだ。

「詩織さ。あんたに出会ってから、妙に肝が据わっちゃって。うーん、違うな。なんて言えばいいのかなあ。たとえるなら」

語尾を伸ばす。

「――あれだ。これまでは、死ぬまでの時間を秒読みしてたんだ。でも今は違う。後どのくらい生きられるか、それを逆算するようになった。って、それじゃ同じか」

あはは、と高笑いを上げる。正直、気味が悪い。

「あの子、父親にばっかり似ちゃってさ。性格も、顔も、体の弱さも。私が腹痛めて産んだんだ。それなのに、全部父親譲りなの」

独り語りが止まらない。僕は自動販売機の明かりに車体を寄せ、サイドブレーキを引いた。カナブンが自動販売機に特攻する音だけが耳に障る。海まではまだ遠い。

「あの子が中学に上がった時、いよいよ体が悪くなって、学校行けなくなっちゃって。大きな手術を二度もしたんだ。かわいそうだったな。本当に、かわいそうだった。麻酔から醒めて、死人みたいな顔色で、痛い、痛いって」

涙声になる。

「なのに。中学でさ。あの子の席に花を置いたバカがいたんだ」

おばさんの肩が、わなわな震え始めた。

「古臭いドラマのイジメみたいに、机に花を供えて。なんの花だったと思う？」

僕は固唾を呑んで話の先を見守った。

まさか。

「極楽鳥花。私、それまでそんな花があることなんて知らなかった。場違いな明るい色でさ。気味悪い形してるの。名前もさ、極楽だなんて。悪趣味だよ」

僕は、全身から血の気が引いていくのを感じた。

中学生の僕がフラッシュバックする。

手を叩いて大笑いする不良たち。明け方の教室の冴え渡った空気。教室の端に、ぽっかり空いた席。走馬灯のように景色が移ろう。

あの空席は不登校の生徒のものだと、噂を鵜呑みにしていた。まさか綿野が僕と同じ中学だったなんて夢にも思わなかった。

「それ、犯人、僕です」

僕は、自分の心臓を差し出すように告白した。

「知ってる。詩織に聞いた」

頭が騒乱状態に陥る。

綿野が知っていただって？

中学二年の夏。

僕はこっそり生徒指導室に呼び出された。騒ぎを表沙汰《おもてざた》にしたくない校長が、僕を缶詰にして謝罪文をなぞり書きさせた。上の空で内容なんか一文字も覚えていなかった。相手の親が大人しく引き下がったのをいいことに、学校側は全てを闇に葬り去った。僕も問題がさほど大きくならず、心の底ではラッキー、くらいに受け流していた。

花を手向けた相手が、余命宣告を受けた少女などとは露程《つゆほど》も知らずに。

「あの時はパニックになってて、校長に言いくるめられてさ。情けないよ。犯人の名前すら聞き出せなかったんだ」

おばさんは苦々しく吐き捨てた。

「だから、校門に立って、出てくる生徒を手あたり次第問い詰めたんだ。みんな怖がって逃げてったけど、一人だけ話を聞いてくれた子がいてさ」

そのとき僕の頭にふと、かつての親友の顔が浮かんだ。

「その子、君の友だちって言ってたな。犯人の名前をフルネームで教えてくれて、おまけに顔写真までメールで送ってくれたっけ」

おばさんは、そう嘲笑ってから、今度は僕の顔を食いちぎるように睨みつけた。

「詩織が、病院であんたを見かけたって知らせてきた時には、殺しに行ってやろうと思ったよ」

殺意を宿した両の手が、こちらに向かって伸びてくる。首に手をかけられる。僕はなすがまま母親の憎悪を受け入れた。

そうか、綿野は最初から知っていたんだ。

だからあの日、病院で僕に声をかけてきたんだ。

自分の尊厳を踏み躙った僕に復讐するために。

僕たちの出会いは、初めから呪いに満ちていたのだ。

僕は救いようのないバカだ。そんな綿野に、不幸を教えてやるなんて約束してさ。イジメの仕返しに花を飾ったことを、まるで武勇伝のように鼻を高くして語った。綿野を傷つけた張本人が、綿野に寄り添えると信じて疑わなかった。

僕みたいなバカは一度死ぬべきだ。死んで償うべきだ。これまでの罪状から目を逸らさぬよう、瞼をしっかりと開いて。綿野の母親を見つめながら。

目の前のおばさんは、舌をぺろっと出していた。

「なーんちゃって」

一転しておどけた口調。

母親の両手が、引き潮のように戻っていく。僕は凍りついたまま、母親の舌先を見つめていた。

「あの子、めちゃくちゃ喜んでた」

そう言って、おばさんは僕の鼻先を指で弾いた。僕はおばさんの豹変ぶりについていけず、目を白黒させるばかりだった。

「喜んでたって、どうして？」

どうにか気を落ち着けて、おばさんに尋ねる。おばさんは言葉を選ぶ素振りもなく率直に語った。

「自分の存在に気づいてくれた人がいたんだって。そう言って喜んでた。まったくさ、こじつけだよ。私、あの子の思考回路がよくわかんない」

「でも、僕は」

そんなつもりで花を手向けたわけじゃない。あんなこと、目障りな不良たちを追い払うための悪戯に過ぎない。

「君がどう思ったかは問題じゃない。詩織が喜んだか、悲しんだか。それが全てだ。詩織が君と過ごす中で、少しでも強がってる素振りを見せたら私はあなたを許さなかった」

ダッシュボードからタバコを取り出し、口に咥える。ポケットをまさぐって、金色の細いオイルライターで火を灯した。

車内に煙が吹き溜まったかと思うと、気まぐれな海風に流されていった。

「あの子ったら、あの花を今でも大事に育ててるんだよ？　どこで調べたのか、自分で株分けなんかしてさ。宮野さんにプレゼントしたりしてんの。君、詩織の病室に入ったことある？」

「ないです」

おばさんは「そうだろうね」と、煙を吐いた。病室の話題をそれ以上掘り下げることなく、シートを深く倒した。組んだ手を枕に、短くなったタバコを咥えたまま寝転がる。

「詩織の友だちになってくれて、ありがとう」

目を瞑る。シワの刻まれた目尻に、光るものがあった。

「娘を取られる母親の、最後の意地悪だと思って許してね」

おばさんの乾いた笑い声が、僕の肩に重くのしかかった。一人娘の心を、母親である自分に全て注いで欲しかった。誰にも分けたくなかった。そんな悔しさが込められていた。

「ところでさ。今調べたんだけど、無免許運転って、思ってたよりずっと重い罪なんだって。一発逮捕もありうるってさ」

「ええ？」

ハンドルを握る手が恐怖で汗ばむ。おばさんはスマホで調べた結果を読み上げる。

「ちょっと、そういうことはもっと早く言ってくださいよ。運転代わって。ほら、眠ってないで」

助手席を揺するが、おばさんは微動だにしない。悠長にタバコをふかしている。

「飲酒運転よりはマシだから。それに捕まらなければ平気平気。さっさと帰って寝よう」

酒に酔った手をひらひらと振った。

「嘘でしょ、この人」

僕は慌てふためいてアクセルを踏んだ。ギアが空回りするふかし音。

「サイドブレーキ」

おばさんに指摘され、あたふたと手順を踏む。発車した矢先、パトカーの赤色灯が前方にチラつき、肝を潰した。

「やばい。やばいですって」

「落ち着いてー。助手席の私も罪に問われるみたいだから、捕まったら承知しないぞー」

さも楽しそうに焚き付ける。僕はスピードメータと睨めっこしながら、ハンドルに齧り付いて運転した。パトカーとすれ違いざまに、警官が身を乗り出してこちらを凝視してきた。万事休す。僕は善良な市民を演じようと、引き攣った微笑みを浮かべた。それが裏目に出た。ますます怪しまれてしまい、警官の首がさらに伸びてくる。もうダメだと頭が真っ白になった。

ところが助手席のおばさんがちょいと顔を出すと、警官はあっという間に朗らかな顔に変わり、制帽の鍔《つば》をつまんで挨拶を返してきた。田舎特有の狭い世間。お互い顔見知りだったようだ。警官の目にはおばさんが、親戚の子の運転練習に、車のいない夜中を選んで付き合ってあげる親切なご近所さんに見えたのだろう。パトカーは安心したように走り去っていった。おばさんは任務完了とばかりに、再びシートに寝そべった。僕はハンドルを握る手の震えが止まらなかった。

「あっぶねー。あっぶねー。ほんと死ぬかと思った」

冷や汗で背中がぐっしょり濡れている。そんな僕には構わず、おばさんはフロントガラスを指さして「あ、ヘルクレス座だ」と、もう目移りしていた。

丸々と肥えたゴミ袋が四つ。

「これで思い残すこともないね」

片付けが終わり、生活の気配を失った部屋を見回しながら綿野が息を漏らした。クローゼットにはハンガーだけが首を並べ、勉強机も出荷当時の姿に戻っている。カーペットを剝いだフローリングはピカピカに磨き上げられている。残された日を過ごすための僅かな持ち物だけキャリーケースに詰めて、それ以外のほとんどがゴミ袋行きとなった。空っぽの部屋は四角い陰影がくっきり見える。

綿野は明日、病院に戻る。そこでは、最期を計画通りに迎えるための最後の手術が待っている。もちろん手術に向けて体調を整える期間もきっちりタイムプランに組み込まれている。最大限効率化された人生の終わり方だ。

「持って帰りたいのあったら、お好きにどうぞ」

綿野は、紐で縛った漫画本を蹴ってよこした。

「いらない。形見分けはしないって言ってただろ」

蹴り返す。紐が緩んでなだれ落ちた。漫画本に隠れていた高校受験の問題集がトランプのように広がる。国語、数学、英作文、単語帳、面接の練習本。

「受験勉強してたんだな」

「カタチだけね」

綿野はそう卑下するが、どの問題集もボロボロになるまで使い込まれていた。一冊を手に取り、折り目のついたページを開く。緻密な字。色とりどりのマーカーが幾重《いくえ》にも引かれている。間違えた箇所には解き直した日付がいくつも記されていた。

「受かったとしても、どうせ一日も出席できなかっただろうし。話題が合わないから友だちだって作れないし、絶対楽しくない」

綿野は僕から本を取り上げると、隠すように裏返して縛り直した。

「それに、道歩を見てたら、高校生活も全然羨ましくなくなっちゃった」

卑屈に笑う綿野を、僕は見ていられなかった。腹に力を込めて、応援団のように景気づける。

「綿野の言う通りだ。青春のスクールライフなんてドラマの中だけだってのが、よーっくわかった。僕も今から通信制の高校に転校しよっかな」

「ダメダメ。道歩にはこれからも、ずーっと酷い目にあってもらわなくちゃ」

「もうたくさんだよ」

綿野がいなくなってしまった後、僕はどう生きればいいのだろう。いつまでも目を背けているわけにはいかなかった。

「ねえ。道歩はこの世界で生きていきたいと思う？」

綿野の「ねえ」という甘い響きを失いたくなかった。なんて酔いしれていると問いかけが頭に入らず、綿野に脛を蹴られた。

「世界？　質問が漠然としすぎ」

「だーかーら、私が死んだ後も生きていたいと思う？　って聞いてんの」

直球だった。僕の頭の中を透視しているんじゃないかと思うくらい、綿野は鋭かった。それとも僕の頭が透明なだけかもしれない。

「綿野が死んだ後か」

たった今考え始めた風を装って、僕は答えを保留した。一秒でも先延ばしにしたかった。それすら見透かされたのか、綿野は「ごめん、意地悪だった」とまつ毛を伏せた。

「綿野が死んでも、僕は生き続けなくちゃならない」

当たり前の答えだった。僕はまだ十六歳で、これから色々なことを経験して成長してゆくのだろう。日々の些細な出来事に一喜一憂して、数えきれない挫折を味わいながら生きていく。

綿野はゴミ袋を小さく蹴飛ばして「ずるい」とこぼした。

「ごめん。心中はできない」

「薄情者。透析で一生苦しめ」

綿野は「べ」と舌を出した。


昼食は、おばさんがピザの出前をとってくれた。おばさんは注文した後、銀行と役場に用事があると言って出かけてしまった。人の家の玄関でピザを受け取るのは新鮮な体験だった。庭に出て、白木のテーブルに広げる。Ｌサイズのマルゲリータ。

曇り空は白い光を飛ばし、水平線の入道雲に稲妻が走った。

「降り出すかもね」

ピザカッターで切り分けながら空を見上げる。

「パラソルがあるから大丈夫よ」

綿野は銀のフォークをナプキンで拭っている。

「食欲ある？」

綿野の皿を取る。

「一切れでいい。残りはあげる」

僕はチーズを多めに乗せてから綿野の前に皿を置いた。

綿野は生地には手をつけず、チーズを掬って口に運んだ。僕たちは味の感想もないまま黙々と食べた。

雨の飛沫が断続的にパラソルを打つ。空一面に稲光が弾け、直後土砂降りになった。僕たちは顔も上げずにピザを食べた。パラソルの縁から雨の幕が流れ落ちる。

綿野のグラスにジュースを注いでやる。グラスを傾けて口に含むと、綿野は喉を上下させながら苦しげに飲み込んだ。喉の筋肉が弱っているのだろうか。綿野には、こうして自由に飲み食いできる回数も限られているのだ。

食事が終わると、もうやることがなくなってしまった。雨粒が脅迫するように窓を叩く。僕たちはリビングで腹這いになって、ユーチューブを見ることにした。

綿野が登録したチャンネルを開く。新しい動画が投稿されている。いつもより短めの動画だ。再生ボタンを押す。

歌は諦めたようだ。絵だけが映し出される。無人の教室。白黒の線画。男子生徒の背中が書き足される。教室の机に、端から順に花瓶が描かれる。出席番号であろう数字が、画面の上でカウントダウンを始める。三十二番、三十一番。三十番。色のない花がクローズアップされたと思った瞬間、根から絵の具を吸い上げるように鮮やかな彩色が施されていく。濃緑の茎、色を混ぜた葉。そして、目の覚めるようなオレンジの花。

極楽鳥花。

増えてゆく。机の上に、順番に花が咲いてゆく。

やがて一面の花畑が生まれ、高校生は窓際の机に着席する。頬杖をついて外を眺める。

カウントがゼロになり、再生が終了した。

夢の世界に連れ込まれるような映像作品だった。だが、この物語は夢ではない。

再生数が目まぐるしく増える一方、コメント欄は荒れ放題だった。

『これ、うちの学校だ』『俺のクラスの根暗野郎がやらかしたやつだ』『木島、見てるかー』『ていうか投稿者、誰?』

濁流のような書き込みの数々。クラス内のSNSで共有されたのだろう。お祭り騒ぎの掛け合いが繰り広げられる。英語のコメントもちらほら紛れる。コメント主『Aoki』が一瞬で過去に流れ去った。

「あーあ。道歩の悪行が世界デビューだよ」

綿野はスマホを投げ出し、仰向けに寝返りを打った。髪の毛を床に這わせ、僕を見上げる。

「綿野。ごめんな」

タイミングを逃し続けてどん詰まりになった僕は、尻を叩かれてようやく綿野に謝ることができた。

「なにが？」

とぼけた口調。

「中学の時、」

懺悔を始める。

「綿野の席だって、知らなかったんだ」

上から覗き込んだ綿野の目は、深く落ち窪んで見えた。

「お母さんに聞いたの？」

「うん」

綿野は頬を膨らませて不満を表した。

「そっか。あーもう。私からネタばらしして、道歩の驚く顔が見たかったのに。お母さん出しゃばりすぎ」

髪の毛をかきあげて大きな額をあらわにする。生え際にニキビが見えた。今度はそれを隠すように、手の甲を額に当てた。ザアザアと雨の音が窓を伝う。

「嬉しかったんだ。私はあの日、初めて泣いたんだよ」

綿野は思い出を振り返るように語り始めた。

中学一年生。

医者からあと数年だと言い渡されてもピンと来なかった。

自分の体が、人間の寿命を全うするには弱すぎることを幼い頃から知っていた。

小学生の頃は、人体が成長する力で病気を捻じ伏せていた。同級生と机を並べて勉強できたし、休み時間にはグラウンドでドッジボールもした。激しい運動は禁止されていたけど、運動会では応援係として喉が破れんばかりに声を張り上げた。林間学校では仲のいい女子とテントで遅くまでお喋りしてた。好きな子もいた気がする。

中学に上がった途端にガタがきた。入学式の朝、起き上がることができなかった。体がバラバラに解体されたような感覚だった。下ろしたてのセーラー服に手を伸ばし、もがいているとお母さんが駆けつけてくれた。病院に車を飛ばすお母さんが震えてるのを見て、もうだめなんだと悟った。

それでも希望を捨てきれず、言われるままに手術も受けた。麻酔から覚めるたびに、まだ生きているんだと鈍い痛みが教えてくれた。痛みは人を弱くさせる。疲れは人を臆病にさせる。外出届も一切出さなかった。病室から一歩も出たくなかった。布団にくるまってゲームばかりしていた。義務のようにこなしていたゲームも、やがて頭痛のせいで続けることができなくなった。疲労が立ち塞がり、なにもする気になれなかった。

まめに連絡を取り合っていた小学校の友だちも、半年も経たず疎遠になった。それぞれの中学生活を謳歌《おうか》しているのだから無理もない。部活に打ち込んでいるかもしれないし、恋愛に熱をあげているかもしれない。世界が大きく広がる時期だから。

「私は、点滴の減り具合ばかり気にしていたよ。それが私の世界の全てだった」

綿野はそこで一旦区切った。喋り疲れたのだろう。呼吸が浅い。

「綿野。苦しいことは言わなくてもいい」

「言わせて」

僕は待つことしかできない。セミが植木に止まり、命の限り泣きじゃくる。やがて力尽きて地面に落ちた。

「学校のことは考えないようにしてた。想像すればするほど惨めになるから。でもテレビを見てると、ちょうど中学生の青春ドラマをやってて。絶対続きなんか見るもんかって思ったんだけど、暇で暇でしかたなくて、気がつけばドラマに夢中になってた」

綿野は喉を唸らせた。

ドラマみたいな、心躍る瞬間が私にも訪れるかもしれないって、淡い期待を抱いていた。体の成長も止まったまま、書類の上で二年生に進級した。待てど暮らせど、青春らしいイベントは来なかった。

レントゲン写真を並べて、医者が「あと一年です」と冷ややかに言い放つ。ああ、間に合わなかったか。落胆はしたが、想定内だった。泣かない私を見た医者は「カウンセリングも受けられますよ」と心療内科の紹介状を書いてくれた。お母さんは受診を勧めたけど、私は断った。

夏の暑さにうんざりして、いい加減いじけ返っていたとき。お母さんが電話に向かって、ものすごい剣幕で怒鳴ってた。あんなに怒ってるお母さんを見たのは初めてだった。ものすごく怖かった。それから何日か、お母さんは出かけたきりだった。不安な気持ちで待っていたら、お母さんが疲れ切った顔で帰ってきた。

お母さんはなにも教えてくれなかった。

でもね。

お母さんが懸命に隠していても、私は全てを知ることができたんだ。友だちだった子のSNSで、情報はダダ漏れだった。私の席に飾られた極楽鳥花を持ってきて欲しいとお願いしたら、お母さんは取り乱してた。投稿された写真を見せたらお母さんは顔を真っ赤にして怒ってた。なんだかんだ言って持ち帰ってきてくれたんだけど。

綺麗だった。生命力に溢れる花に目を奪われた。胸がときめくのを感じた。その花についてもっと知りたいと思った。そして、花を飾ってくれた子がどんな子か知りたくて、いても立ってもいられなくなった。

「お母さんが犯人の顔写真を見せてくれた。いかにも根暗って感じで笑っちゃった」

「大きなお世話だ」

じゃれた合いの手を挟む。

「ずっと空想してた。木島道歩ってどんな男の子だろう。ボソボソ声なのかな。あんまり食欲なさそう。早死にしそうな顔だな」

「もう少しマシな想像してくれよ。あんまりじゃないか」

「大体合ってるじゃない」

綿野がくくくと笑った。

「まあそうだけど。ていうか僕の声ってそんなにボソボソしてる？」

「聞き取りにくい、そよ風みたいな声」

褒めてるのか貶してるのか。

「道歩のおかげで私は生きながらえたんだ」

僕はそんな大層な人間じゃない。誰かの希望になんてなれやしない。

「受験勉強なんて、するだけ無駄だと思ってたけど。どうしても高校生になりたくなった。道歩と同じ高校に行けなくなったって、同じ高校生になりたかった。ま、無駄骨だったんだけどね」

綿野の挫折を刻んだ参考書が、明日ゴミに出される。

「綿野」

意味もなく名前を呼んだ。

「なに？」

綿野は薄い目で僕を見つめる。

その時、場を台無しにするように僕のスマホが鳴り響いた。応答拒否しようと手を伸ばす。

「出なよ」

綿野は目を閉じた。命じるような声だった。僕は言われるがままに電話に出た。

電話の相手は矢野だった。予感はあった。犯人からの電話だ。

「今どこ？」

挨拶もそこそこに、矢野の尖った声が響く。

「どこでもいいだろ」

「ねえ、あの動画見た？」

どこか興奮した声色。

「見たよ。すごいじゃん。やりたいことって、動画作りだったんだ」

絶句する時間。

「気づいてたんだ」

電話の向こうで矢野が息をひそめる。

「なんとなくね」

本当はかまをかけただけだったが、どうやら図星らしい。僕の勘も捨てたものじゃないな。矢野は深呼吸をしてから「お願いがあるんだ」と続けた。

反射的に電話を切りそうになった。磨きのかかった僕の勘を信じるならば、ろくな願い事ではないはずだ。でも、僕が意見する前に矢野は本題を持ち出した。

「取材させて欲しいんだ」

思いがけない依頼だった。

「この前、道歩が話してた病院の女の子。その子にインタビューしたいんだ」

「??」

もう疑問符しか出ない。矢野が綿野を取材する道理がわからない。

「斎藤君に聞いたの。その子、もう長くないんでしょ?」

「だからなんだ」

斎藤の口の軽さに辟易しながら、語気を強めた。

「次の動画は、その子を主人公にした物語にしたいの」

「物語?」

おうむ返ししても、矢野の言葉がうまく呑み込めなかった。

ものがたりだって？

気が遠くなった。背中に鈍い痛みを覚えた。急激なストレス反応で、今まさに結石の原石が生まれたに違いない。そう直感した。

「そ。今回の動画で結構話題になったから、次でバズらせる」

この女の子は、一体なにを言っているのだろう。一言一句すべてを解説して欲しい。説明されたところで一ミリも理解できないが。終話ボタンに手を添える。

「道歩、その子の連絡先を教えてよ」

遠くでこだまする。

終話。

世界が、うるさい。

こんなちっぽけな世界なのに騒がしくてならない。どうしてそっとしておいてくれないのだろうか。

綿野は、矢野のアップする動画を心待ちにして日々を過ごしている。唯一の生きがいと言っても過言ではないだろう。この動画を見ていると死ぬのがもったいないとさえ言っていた。その憧れの相手が妄言を口にしている。死を前にした綿野に、洗いざらい心境を吐露しろというのだ。まるで綿野の手術痕を力任せにこじ開けて内臓を抉《えぐ》りだすような、許し難い暴力だ。

「道歩、あの投稿者と知り合いだったんだ」

憧れの相手に興味津々な綿野。心なしか声が弾んでいる。僕は目の前の哀れな少女にかける言葉が思いつかなかった。

「ねえ、なんて言ってたの？」

目を爛々《らんらん》と輝かせる綿野を前に、僕は息を長く吐いて気持ちを整理した。

「次回作のテーマは、汚れた世界だそうだ」

当てずっぽうの予想だった。しかし十中八九、的中するだろう。あいつが手がける作品が美しくあっていいはずがない。

「へえ。あの人が描く汚れた世界かあ」

綿野は鼻歌を歌って、空想する汚染された世界に音楽を添えている。

「ところで、いつ頃完成するって言ってた？」

自分の余命に間に合うか気が気でないといった様子。

「間に合うんじゃないかな」

「だといいな。最後にその動画見て死のう。この世への未練を捨てられそうな気がする」

下手な慰めは事態を悪化させる。僕は性懲《しょうこ》りも無く綿野に嘘をついてしまった。

綿野はさっきの動画をもう一度再生する。僕が決意を固めている間、綿野は動画を十回も繰り返し再生していた。

悪いが、次の作品は絶対に完成させない。僕の全てをかけてでも阻止してやると誓った。


翌日、綿野が病院に戻ったのを見届けた後、僕は学校に足を運んだ。

グラウンドに足跡をつけ、朝礼台までまっすぐ歩く。砂漠のような陽炎が湧く。汗が皮膚を削るように重たく流れる。野球部がノックに打ち込んでいる横を通り過ぎる。野球帽の鍔が少年たちの顔を深く隠している。影絵を見ているようだった。

朝礼台に登り、グラウンドを一望する。暑い。クラクラする。膝を畳んでしゃがみ込む。

「おい、道歩」

鋭い声がとぶ。首を回すと、野球帽を胸に抱《いだ》いた斎藤が佇んでいた。

「お前野球部だったんだ。意外」

「よく言われる」

斎藤の髪の毛は、帽子で蒸れて散り散りになっている。こいつ将来禿《は》げるな。とりとめもなく考えていると、斎藤が朝礼台の真下に立った。彼の背後で先輩の怒号がとぶ。早く戻れ、練習サボるな。とめいめいに喚き立てている。斎藤は踵を返して先輩に帽子を振った。

「すんません。俺、今日で野球部やめます」

先輩たちはガヤガヤ騒ぎ立てている。喧騒をものともせず、斎藤は僕を見上げた。

「久しぶりだな。鼻、治った？」

「痕《あと》になっちゃったよ。どうしてくれるんだ」

僕はアザになった鼻をつまんでみせた。

「悪かったって。でもお前が悪いんだぞ。人を老人呼ばわりしやがって。あー、思い出したら腹が立ってきた」

斎藤は踏み台を使わず、助走もなしに僕の横に飛び乗った。

「斎藤さ、なんで綿野のこと、あいつに話したんだよ」

本当はもっと怒っていたはずなのに、こうして斎藤と話をしていると、なぜか怒りも丸まった。

「聞かれたから」

安直な答え。それ以上責める気も失せてしまった。話題を変える。

「斎藤、あの動画見た？」

僕の問いかけに、斎藤は首をすくめた。

「見たよ。気持ち悪い動画だったな」

気持ち悪い。そうだ、その通りだ。斎藤がピッタリと言葉を当てはめてくれたおかげで、僕は胸のすく思いだった。

「斎藤と意見が合うとは思わなかった」

「あれ、誰が作ったんだろうなあ」

斎藤がすっとぼけた。

「わかってるくせに」

「矢野、最近やばいよ」

答え合わせをすっ飛ばし、斎藤は寝転がった。青空を食うように胸を上下させる。いつものさっぱりした身なりではなく、泥まみれで汗臭い高校生がそこにいた。

「俺、あいつとは反りが合わない。なんでだと思う？」

「夢を持ってるから」

即答すると、斎藤は首だけ起こして驚いた顔を見せた。

「へえ。成長したじゃん」

ニヤニヤしながらズボンのポケットをまさぐった。潰れたタバコの箱を取り出し、一本咥える。

「吸う?」

「いらない」

気前よく差し出されたタバコを押し返す。ご機嫌な調子でマッチに火をつける斎藤を慌てて制止した。校内喫煙なんて言語道断。バレたらこっちまで巻き添えを食う。斎藤は火のついていないタバコを咥えたまま、口の端から声を漏らした。

「俺は夢を持ってない。持つつもりもない。どうせ数十年の人生だ。凝り固まった目標なんか持たず、その日暮らしをするのが性に合ってる」

「美学だな」

「そう、美学だ」

タバコを朝礼台の溝に挟む。

「気をつけろ。矢野のやつ、なりふり構わなくなってるぞ。視野が狭いんだよ。そんなんだからあいつは、」

忠告の途中で、斎藤は視線を上げた。荒涼とした砂漠に、セーラー服がはためく。

「ほら、噂をすれば」

斎藤は嬉々として口笛を吹くと、朝礼台を飛び下りた。それから校舎めがけて一目散に走り去った。

役者が入れ替わる。真打登場とばかりに矢野が姿を現した。

「遅刻だぞ、世界の矢野」

力なく手を振ると、矢野は撃ち抜かれたように足を止めた。

「バカにしてるの?」

「ああ。ふざけた動画を作りやがって」

「ふざけてる、と思ったの?」

矢野の言葉には「私の作品にケチをつける奴は許さない」というむき出しの敵意がある。

「あの動画さ、僕のしたことを真似しただけじゃん」

矢野は激昂して朝礼台に駆け上がるや、僕の鼻先に詰め寄った。

「病気の子に会わせて。私、もう時間がないの」

「面会謝絶だバカ」

「今、私が」

矢野は言葉を区切って、足元に突き刺さったタバコを拾い上げた。

「これ持って、あんたが吸ってたって言いつければ、どうなるかわかる?」

うすら笑いを浮かべて脅しをかける。

「また謹慎だな」

「甘いんじゃない? 二度目の不祥事、それも校内喫煙。退学が妥当でしょ」

「学校に未練はないよ」

交渉は平行線を辿る。矢野はじれったそうにタバコを指で揉みしだく。双方一歩も引き下がらず、朝礼台の上で相撲《すもう》のような睨み合いが続く。

「苗字は綿野。下の名前は知らない。居場所は総合病院の一〇一三号室」

天の声が矢野に肩入れした。いや、天の声などではなかった。斎藤がグラウンドを一周走ってから、息を切らせて戻ってきたのだ。

「斎藤、てめえ」

朝礼台を駆け下りて、斎藤の胸倉《むなぐら》を締め上げる。斎藤はヘラヘラと首を揺さぶって反省の色を見せない。

「タバコ、最後の一本だったみたい。返してくれ」

と、手のひらを物欲しげに突き出した。矢野が応じ、闇取引のように後ろ手でよれたタバコが渡される。僕は斎藤に鼻先をにじり寄せ、彼の目を睨みつけた。斎藤の瞳に広がる虹彩《こうさい》は、光を乱反射して吸い込まれそうになる。

「いいじゃねえかよ。面会の機会は誰もが持つ権利だ。独り占めはよくないぞ」

斎藤は酔っ払ったように呂律《ろれつ》が回らず、相変わらず首をぐにゃぐにゃ曲げている。しかし、目だけは僕を射貫いて離さなかった。

僕は、怒りと悲しみがごちゃ混ぜになり、混乱したまま彼の唇を吸った。斎藤の虹彩がかっと開いた。やつの唇はフリスクの味がした。

矢野は、結婚式の誓いのキスを見守る友人のように、閉じ合わせた手で口元を覆って黄色い悲鳴を上げた。

斎藤に突き飛ばされた弾みで、朝礼台の脚に頭をしたたかに打ち付けた。

斎藤は神経質に何度も口を拭い、汚物を漱《すす》ぐみたいに唾を吐き続けた。斎藤は僕に馬乗りになると、手近にあった小石を握りしめて殴りかかってきた。だが、斎藤も動揺しているのか、ふらついた拳は頬をかすめて地面を打った。野球部員たちが騒ぎをかぎつけて駆け寄ってくる。暴れる斎藤を僕から引き剝がし、羽交い締めにする。その輪から一歩引いて、顧問の先生が立っていた。

抵抗する斎藤を押さえつけながら、三年生の一人が叫ぶ。

「武田先生！　押さえるの手伝ってくださいよ！」

名前を呼ばれた数学教師は「俺、喧嘩弱いし」と、なぜかニヤニヤしたまま動かない。

「んなこと言ってる場合ですか！」

三年生は見切りをつけ、部員たちに「取り押さえろ」と指示を飛ばす。それを合図に、部員たちは斎藤に襲い掛かった。

土煙を上げて山をつくる野球部員たちを尻目に、僕は矢野の姿を捜した。矢野はこちらをチラチラ振り返りながら、小走りで校門へと消えていった。

夏休みで人の少ない職員室。僕と斎藤は教頭の前に並ばされた。いつも温和な教頭もさすがに辟易した面持ちでため息をこぼした。丸い顔立ちもどこか角ばっている。

「君たちねえ」

とこぼしたきり、うつむいてしまった。事務机の上で芋虫みたいに丸まったタバコを見つめて、言葉を探している。教頭は意を決したように顔を上げて、僕と斎藤を見比べた。

「斎藤君。君は、根はいい子だと信じてる。そうだね？」

まずは斎藤の番。取り押さえられたはずみで口の中を切ったらしく、舌の根から溢れる血を神経質に啜っている。斎藤は校訓を掲げた額縁を一心に見上げて、うんともすんとも言わない。そうなれば次は僕の番だ。

「木島君。私はね、どうしても君の考えがわからないんだ」

お手上げとばかりに首を傾げる。極楽鳥花事件で尋問された時も、この教頭は最後まで釈然としない顔をしていた。

「君たちを守ってあげたいのは山々なんだけど、最悪の場合、退学処分になるかもしれない。その覚悟はある？」

組んだ両手を前に置き、僕たちに迫る。

「ありません」

声を合わせて否定する。僕たちの態度に、職員室の先生たちは冷や汗を垂らしながら自分の机で息を殺していた。教頭は目を閉じて椅子の背もたれを軋ませた。

「武田先生」

教頭に名指しされた顧問の武田は目をうろうろさせている。教頭は緊張をほぐそうとニッコリ笑った。目は死んでいたが。

「慣れない部の顧問を頼んでしまって、本当に申し訳なく思っています。でも、誠実な武田先生だからこそ、斎藤君の素直な心を取り戻す手掛かりになるのではと、無理を承知でお願いしました。その期待は今も同じです」

武田は消え入るように「はい」と頷いて「すみません」と口癖のように付け加えた。

「さて、難しい問題ですね」教頭がお茶をすする。床を這う緊張した空気に、教師たちは足を取られて動けない。

僕は大人たちの茶番にじれったさを感じていた。矢野に綿野の居場所を知られた今、もはや一刻の猶予もない。すぐにでもここを出て、魔の手から綿野を救い出さねばならない。

「帰らせてもらいます。忙しいんで」

皆がうつむいている隙をついたつもりだった。しかし、教頭は「待ちなさい」と、矢のような声を飛ばした。僕は地団太を踏みたい気持ちをこらえて振り返った。

「木島君。君もあの動画見た？　ユーチューブの」

教頭の口から「ゆーちゅーぶ」の名が出ると世界が歪んで見える。

「見ました」

「あの動画、誰が投稿したか君たちは知ってる？　もし教えてくれたら、今回だけは目をつぶろうと思うんだけど」

願ってもない条件に、僕と斎藤は「矢野和佳奈です」と声を合わせて張り上げた。

「矢野さん？　あまり耳にしない名だね」

頭に刻まれた問題児リストをめくるように目を閉じていたが、該当なしと出たようだ。

教頭はさりげなくメモ用紙を取り、隠すように矢野のフルネームを控えた。


職員室のドアの前。僕は屈み込んで額に手を当てた。脂汗がびっしり浮いている。込み上げる吐き気と戦う。柘榴《ざくろ》を割ったように背中がジクジク痛む。冗談抜きで尿路結石が再発したのかもしれない。隣で棒立ちする斎藤を指の隙間から見上げる。斎藤は唇にタバコ一本分の隙間を開けて放心している。

「なんで矢野に綿野の居場所を教えた？」

恨み節を漏らすと、斎藤は首を落とすように僕を見下ろした。

「興味本位」

「ふざけんな」

「てめえこそ遊び半分で俺のファーストキスを奪いやがって」

おあいことばかりに唾を吐いた。

「なにがファーストキスだ、女たらしのくせに」

「嘘じゃねえよ。だからフラれ続けてる。キスを拒んだら、相手は急に冷めるんだ」

「初めてのキスは本命にってか？　意外に純情だな」

「キスすると、お袋を思い出しそうで怖いんだ」

斎藤は苦々しく吐き出した。

「病院のベッドでさ、死ぬ前に最後のキスをせがまれて。思い残すことのないように応じてやったんだ。そしたら臭いのなんのって。あれ以来、人の唇を見るのも嫌になった」

おえっ、とえずく手真似をする。

「僕の口、臭かった？」

斎藤は答えなかった。

背中の痛みもいち段落し、僕は重い腰を上げた。廊下に残された斎藤は、窓から押し寄せる太陽に負けて揺らめいていた。

『助けて』

綿野のメッセージを握りしめ、僕は一〇一三号室に全速力で走った。全身で風を切って進む僕に、行き交う人々は道を譲った。病室のドアを力任せに開く。

「余命宣告を受けたとき、どんな気持ちだった？」

という矢野の質問が途切れた。ベッドの脇に丸椅子を寄せ、スマホのマイクを綿野の口元に寄せている。綿野は、どうすればいいかわからないというように当惑した面持ちだった。肩が震えている。

綿野は怯えている。突然の闖入者《ちんにゅうしゃ》に不用意な悪意を向けられて怖がっているのだ。綿野は僕を見ると安心したように顔を緩ませた。

「矢野、お前なにしてるんだ」

僕の怒声に振り返りもせず、矢野は僕の存在を無視して綿野に質問を続けた。

「死ぬ前にやり遂げたいことはある？　行ってみたい場所とか、食べてみたいものとか、会ってみたい人とか」

矢継ぎ早な質問が綿野を襲う。綿野の心を余す所なく撃ち抜いていく。

「ほら、明後日、夏祭りでしょ？　一緒に行かない？　最後の思い出作りにさ」

矢野の頭には、すでに描くべき構図が決まっているようだ。

「そうね、クライマックスは花火がいいよ。ここの祭り、花火に力入れてるからさ。めちゃくちゃ映えるよ。そこで容態《ようだい》が急変して、道歩が背中におぶって、走るの。夜の道を、花火をバックに」

狂乱だった。罪も、悪意も、汚れも、全てを内包した矢野の暴走だった。

「矢野」

一触即発の緊張のもと、僕は矢野の肩に手を乗せた。蠅の如く払いのけられる。

「それで息を引き取るの。愛する人の腕の中で。別れの言葉はなにがいいかな。ねえ、なにか思いつかない？　やっぱりこういうのは、当事者のリアルな言葉じゃないと白けちゃうから」

うっとりとした面持ちで語る矢野。綿野はその姿を物悲しげな顔で見つめていた。憧れていた人に、最悪の形で裏切られたのだ。失望した綿野には、声を荒らげる気力すら残されていないように見えた。

「矢野。もう帰ろう」

矢野の手首を掴む。また払われる。矢野はショルダーバッグからペンタブレットを取り出し、ペンで頭に浮かんだ構図を描き殴った。ラフ画の花火が描かれては消され、描かれては消される。まるで本当の花火を見ているような錯覚に陥る。間違いなく、絵の才能はあるのだろう。

「矢野！」

脇から手を入れて抱きかかえ、ベッドから引き離す。タブレットを取り上げようと渾身の力を込めるが、矢野はしがみついて離さない。無言で取っ組み合う。やがて堰を切ったように喚き出した。

「お父さんがね、自分と同じ大学の医学部に入れって。医学部だよ？　しかも名門大学の。私、そんなに頭よくないんだけど？　もう勉強以外なにもできないじゃん。部活も友だちも捨てろって言われて。おままごとの夢なんか、もっての外だってさ」

口から泡を飛ばして喚き散らす。目の焦点が定まっていない。

「あの人がそう言い出すことはわかってた。十六年も娘をやらされてるんだから。でも私は決めたんだ。中学の時と同じ失敗はしない。だから念入りに計画を立てた。先に名声を手に入れて、親が口出しできないようにするんだ。学校であいつらに取り入ったのも、あの子の知り合いに芸能事務所の人がいるから。ユーチューバーとも契約してる会社。その偉い人を紹介してくれるって約束してくれたんだ。だから、あいつらのパシリにされたって、小遣い稼《かせ》ぎにキモい親父と無理やりデートさせられたって、陰で悪口言われたって、我慢してきた。一生に一度きりのチャンスなんだ。これを逃したら、私はもう生きていけないんだ」

ぶつぶつぶつぶつ。ヘドロに湧く腐った泡のように。

「もう時間がないの。時間がないの。時間が」

「花火は、私には眩しすぎるよ」

綿野がぽつりと呟いた。

綿野の視線の先には窓があって、傍のテーブルには鉢植えが載っていて、極楽鳥花が一本、葉の陰からこちらをじっと見つめていた。

その神聖な顔つきに魅入られ、僕はつい矢野を押さえる手を緩めてしまった。矢野は死に物狂いで僕を振り解くと、綿野に飛びついた。

「それいい！　そのセリフ、すごくいい！　使ってもいいよね？　ね？」

目を輝かせる。

僕はゆっくりと窓際に歩み寄り、鉢植えを抱え上げた。クジャクを抱いて歩くような浮世離れした光景。

僕は今、綿野が大事に育てた花を凶器に変えようとしている。

石のように重い鉢を両手で振り上げる。瞬間、綿野が悲痛な叫びを上げた。

「それだけはやめて」

錐のように鋭い悲鳴。

我に返り、腕を下ろす。散らばった土を踏みながら、僕は呆然と綿野を見つめた。

「わかった。インタビューでもなんでも受けるし、お祭りにも行く。外に出られるように先生にお願いするから」

綿野はやけくそになって怒鳴った。僕は鉢植えをテーブルに戻して、その場にうずくまった。

極楽鳥花は素知らぬ顔で入道雲を見つめている。

綿野は僕たちから顔を背け、花を眺めた。

「お祭り行こう。私も行きたいと思ってた」

「嘘つけ」

「嘘じゃない。本当は綺麗なものを、もっともっと見たいと思ってた。強がりだったの。ねえ、フレンチ食べよう。有名なレストランの一番高いやつ」

オードブルすら食べきれないだろうに。

綿野は脇腹を押さえ、屈辱の笑顔を絞り出した。

「ねえ矢野さん、私と友だちになってよ。斎藤くんも呼んで、みんなでお祭り行こう」

綿野。やめてくれ。僕が悪かった。そんな心にもないことを言葉にしちゃいけない。

一方、矢野は言質をとったと大喜びだった。

「ありがとう。じゃあカメラ持ってく。ちゃんとしたやつ」

明後日の午後六時に駅前で。と、独りよがりな約束を取り付けて意気揚々と帰っていった。

僕と綿野は、焼け野原に取り残されたように途方に暮れていた。

「あの花、育ててくれてたんだ」

鉢植えに目配せする。

「育て方なら道歩より詳しいよ？　私」

「僕は育てたことなんてなかったもんな」

花は所詮飾り物。生き物だと捉えたことはなかった。

「道歩はこの花に思い入れでもあるの？」

「かっこいいじゃん。極楽鳥花。名前が中二心をくすぐったんだろうな。花言葉も調べてさ、輝かしい未来とか。役満じゃん」

「もっとロマンチックな理由とかないわけ？」

肩をすくめる。

子どもの頃、ビニルハウスに咲くその花を怖がっていたこと。中学時代、青木に花の名前を教えてもらったこと。そういう瑣末《さまつ》な過去を話す必要はないと思った。

「綿野は、あの花好き？」

綿野は長い間黙っていた。

「あの花を育ててると、なんだか可哀そうになっちゃうんだ」

優しい口調だった。

「可哀そう？　どうして？」

「だって、一生懸命、鳥の真似をしてるのに、死ぬまで飛べないなんて」

可哀そう。と消え入るような声でつぶやいた。

「道歩も、ちゃんと世話の仕方を覚えておいてよ」

綿野は頭の後ろで手を組むと、重力に任せてベッドに沈んだ。

どこにも飛び立つことができない花が、懸命に空を眺めていた。


いつまでも続く暑さに嫌気がさし、僕は夏の終わりを待ち侘びていた。八月のカレンダーもバツ印が優勢になり、二学期が目と鼻の先に待ち構えている。宿題は手付かずのまま引き出しに封印してある。

朝飯にそうめんを啜り、昼飯にもそうめんを茹でた。めんつゆが切れてそのまま食べた。水溜りに浮かぶ紐みたいに味気なかった。一向に食欲が湧かず、その後は水ばかり飲んだ。暇つぶしにキッチンで洗い物をしていると、遅めの盆休みをとった父親が居間で缶ビール片手に声をかけてきた。

「道歩。釣りにでも行かないか」

滅多にそういう誘いをしない父親だ。僕は蛇口を締めて首を伸ばした。

「夕方にかけて潮もいい具合らしいぞ」

「今日はお祭りだから」

そう返すと、父親はテレビのチャンネルをローカル局に切り替えた。地元で有名なニュースキャスターが、祭りの様子を取材している。「今年も祭りがやってきました」とおざなりなコメントをマイクに吹き込んでいる。

「ああ、今日花火があるな。一緒に観にいくか。屋台で好きなもの奢《おご》ってやる」

急に父親風を吹かせる。

「友だちと約束してるから」

「お前、友だちいたの？」

父は首をもたげ、目をしばたたかせた。僕は父を無視して財布の中身を数えた。焼きそばとリンゴ飴、くじ引きの一回くらいは引けるか。

「お前さ。塾でも通うか？」

会話の下手な父親が思い余って本題を切り出した。本当は釣りをしながら気長に話したかったのだろう。

期末試験が惨憺たる結果に終わり、おまけに学校では札付きの問題児扱い。大学受験の影がチラつく前に矯正するのが得策だと考えたのだろう。普段、息子の素行に無頓着な父親も、それなりに頭を悩ませているらしかった。

「もう少し待ってよ」

切り落としたような口調に、父親は抜き差しならない気配を感じ取ったのか、むくりと起き上がり、まじまじと僕を見つめた。腰をさすりながら立ち上がり、ビジネスバッグから財布を取り出すと、万札を五枚抜いた。

「小遣いだ。好きなだけ豪遊してこい。最後の夏だ」

僕が目を丸くしていると、父親はまたソファに寝転がった。

最後の夏、というフレーズに心臓を摑まれた気がした。父親が綿野のことを知っているはずもなく、ただ単に「遊び呆けられるのも今のうちだぞ、二学期からは勉強漬けだから覚悟しておけ」という脅しなのだろう。いずれにせよ、僕は棚ぼたの五万円を財布にねじ込み、見栄っ張りな万年ヒラ社員の背中に向かって「ありがとう」と頭を下げた。父親は背中を向けたまま大きく手を振った。

夏はアロハと決めている。言うなれば僕の美学だ。

コルクのボタンを留め、駅ビルのガラス窓を姿見に、身だしなみを整える。赤みを強調したボタニカル柄。似合わないのは百も承知だ。笑いたければ笑え。などと息巻いていると、矢野に爆笑されてすっかり凹んでしまった。

午後六時。時間を守ったのは僕と矢野だけだった。僕を嘲笑う矢野も、ずいぶん気合の入った出で立ちだ。白のカットソーシャツに藍色のプリーツスカート。きっと雑誌で「この夏はエレガントに」と書き立てられていたに違いない。派手ではないが、中学時代の矢野は見向きもしなかったコーディネートだ。唇にさした紅が黄昏に妖しく浮かび上がる。そして約束通りデジタル一眼をケースに入れて首から下げている。

「アロハはない。サングラスはもっとない」

矢野のダメ出しを受け、レインボーの偏光レンズを渋々外した。

夕焼けが紫色に変わる時刻、駅前は会社帰りのサラリーマンたちでごった返していた。会社員にとっては祭りなぞ知ったこっちゃないと言いたげに早足で駅舎へ押しかける。セコセコした動きに、こっちまで息が詰まりそうだ。

まだ綿野たちは来ない。連絡もない。

「ちょっと歩こっか」

矢野がヒールを鳴らして歩き出した。

僕たちは時間を潰すために、アーケード街を冷やかすことにした。田舎名物のシャッター通り。葬列のように並ぶ提灯が寂しさに輪をかけている。開いている店を探し、あてどなく歩き続ける。昼間のそうめんが胃の中でとぐろを巻いて吐き気を催す。喉を締め上げるような、切羽詰まった不快感。

「道歩。具合悪いの？」

矢野が下手な気遣いを見せる。

「大丈夫」

ヒリヒリする強がりを盾に、足を踏ん張る。

「動画は進んでるのか？」

「器はできてる。あとは魂を込めるだけ」

芸術家気取りの言い回しが鼻につく。

「夏祭りって、そんなに良いか？」

「絵になる」

「絵、か。そういやお前、歌は下手くそだよな。あれは抜いて正解だったよ」

過去の動画も、再編集されて歌を削除している。下手だという自覚はあったようだ。

「うるさい。あれは自分の可能性を模索してただけ」

不貞腐れてしまい、口を利かなくなった。

ふと、一軒の店先に目がとまった。吸い込まれるように足を向ける。雨具を取り扱っている専門店だ。色とりどりの傘が並んでいる。矢野が怪訝な顔でついてくる。

原色、パステルカラー、迷彩柄、キャラクターの絵をあしらった小さな傘。矢野がスマホで天気予報を確かめている。

「今日はずっと晴れだよ？」

僕は紳士用の大ぶりな傘を手に取った。真っ黒でシンプルな、それでいて値段だけは一丁前に高い。だが今日の僕は五万円という後ろ盾があるのだ。迷わず会計を済ませる。

「意味わかんない。邪魔になるだけじゃん」

矢野は無視されたのが癇に障ったのか、「お金の無駄」「黒とか無個性」「どうせ盗まれるのに」などとブツブツ文句を垂れていた。でも、僕には予感があった。綿野が言っていた「花火は私には眩しすぎる」という言葉は、おそらく比喩ではない。

「よう、遅かったな」

斎藤が手を振って迎えた。白いインナーに薄紫色のシャツを重ね着している。胸には薔薇《ばら》のワンポイント。下は七分丈のパンツ。相変わらずシワ一つない。斎藤は駅前の待ち合わせスポットである現代美術モニュメントの台座から立ち上がり、右手のストロングゼロをあおった。左手は車椅子の背もたれに乗せられていた。斎藤は、病院まで綿野を迎えに行く役目を買って出た。僕が行くと言っても「お前はおばさんに嫌われてるだろ」と却下された。クズ男に綿野を託すことは気がかりだった。でも、斎藤が綿野に下心を出す姿がどうしても想像できなかった。

綿野は戻ってきた斎藤が押す車椅子の上で、か細い微笑みをたたえていた。矢野は早速カメラを構えた。インスピレーションが働いたのだろう。シャッターボタンを押す。斎藤がふざけたポーズで綿野の前に飛び出す。

「ちょっと、台無し」

矢野はカメラを下ろし、うんざりしたように首を振った。

斎藤は僕の格好をバカにしなかった。代わりに僕の手にぶら下がった傘に目をつけた。

「え？　今日雨降るん？」

ここぞとばかりに矢野が反応する。

「0パーセント。せっかく教えてあげたのに、衝動買いしちゃって。ほんと意味わかんない」

僕は斎藤から車椅子を引き取った。車椅子の傘立てにそっと傘を差し込む。綿野は「えー、邪魔なんだけど」と、不満を口にする。


暮れなずむ河川敷を横並びで歩く。海に繋がる一級河川だけあって川幅が広い。舗装された土手だが、雑草がコンクリートをあちこち突き破っている。虫の音が息吹をあげる。浴衣を纏った若い男女がもつれあって追い抜いていく。続いて家族連れが連なる。父親に肩車された小さな女の子。母親が愛おしそうに子どもに話しかけている。あらゆるものが灯籠流しのように、ゆっくりと僕たちを追い抜いていく。

僕は綿野の車椅子を割れ物のように慎重に押す。車椅子は存外軽く、ヒビだらけの道を不自由なく進んだ。

不意に綿野が首を上げた。逆さまになった綿野の目が僕を見つめている。

「アロハ、似合ってるね」

綿野らしからぬ褒め言葉。心細いのかもしれない。お世辞の一つでも返さなければと、綿野をくまなく観察する。おばさんに無理やり着せられた浴衣姿を期待していたが、残念ながら普段通りの外着だ。水色のシャツにサブリナパンツ。マクドナルドで見た組み合わせと全く同じだ。似合っているのだが、褒めたところで今さら感が拭えない。

「無理して褒めなくていいよ？　アロハ、本当は全然似合ってないから」

あっさりはしごを外される。

「それにしても、よく宮野さんが許してくれたな」

夜の外出なんて、担当看護師の段階で却下されると思っていた。

「今の私、どんなわがまま言っても許されるんだ」

綿野は嬉しそうに肩をゆすった。

「宮野さん、私の言いなりなの。アイスクリームだってスプーンですくって食べさせてくれるし、頼まなくったって飲み物買ってきてくれるんだ。今のうちにお願いすれば、宝石だって買ってくれるかも」

膝の上で指を広げる。ダイヤの指輪を空想しているようだ。綿野のわがままに振り回される宮野さん。僕にもなんとなく想像できる。

「花火、きれいだといいな」

そう呟いて、綿野は川のみなもに目を遣《や》った。

もうすぐ海に出る。水鳥がテトラポッドに群がり、気のおもむくままに鳴き声をあげる。空が沈み、お祭りの丸い灯りが浮かび上がる。砂浜に屋台が並び、的屋《てきや》たちが呼び込みをかけている。ローカルテレビのロゴ入りカメラを担いだ一団が我が物顔にのし歩いている。商店街組合が作詞作曲したレトロな歌が、壊れたレコードのように延々と流れている。タバコの煙とお好み焼きの油ぎった煙が混ざり合う。

毎年訪れる、手垢《てあか》に塗《まみ》れた夏祭りの空気だ。そして僕にとっては来年も、再来年も巡ってくる季節の一つだ。

手始めに金魚掬《すく》いを冷やかす。五百円玉と交換に、頼りないポイを受け取る。先頭に出た斎藤が、袖を肩まで捲り上げて水面を睨んだ。矢野の応援に背中を押され、斎藤は五匹も金魚を掬い上げた。この男に掬われた金魚を気の毒に思う。家に持ち帰る気などさらさらない。もって数時間の命だろう。

「綿野さんも、ほら」

綿野は斎藤からポイを受け取り、車椅子を降りた。水面一枚隔てて、金魚たちは呑気に泳ぎまわっている。綿野はポイを構えたまま固まっている。初めての金魚掬いに困惑しているのかもしれない。店主が腕時計を睨みながら、貧乏ゆすりを始める。後ろで親子連れがつかえている。綿野のついたため息に、金魚たちが輪を広げて逃げた。

「すみません。これどうぞ」

綿野は後を譲り、幼い女の子にポイを渡した。

矢野が残念そうにカメラを仕舞った。車椅子に座り直した綿野は、疲れを滲ませていた。花火まで時間はたっぷりある。綿野の体力がもつか気がかりだ。

綿野に少しでも楽しんでもらいたい。僕にもそんな欲がわいてきた。矢野の思う壺になるのは癪だけど、この欲望は打ち消したくても、どうしても消えなかった。

砂浜の中心に設営されたステージに人だかりができている。スピーカーから、金属を削るようなハウリング。名前を聞いてもピンとこない芸人や落語家が順番に立って場を沸かせている。司会者の回るような進行に押し出され、地元高校軽音楽部の生徒たちがステージに上がった。

「三宅、お前……」

絶句する。アロハシャツにサングラス。オールバックの三宅がマイクをふんだくる。同じ衣装で身を固めた愉快な仲間たちと呼吸を合わせ、膝でリズムを刻んでいる。ロックな出で立ちとは裏腹に、しんみりとしたバラード。拍子抜けした観客を置き去りに、青春というフレーズを十六回も盛り込んだ自作ソングを繰り広げる。

矢野がポツリと「あんたも入れば？」と、アロハの袖を引っ張った。

よりにもよって、三宅と同じセンスだったとは。うなだれる僕に、事情を知らない綿野がきょとんとした顔で呆けている。

「あの野郎。一人だけたくましく出世しやがって」

僕の恨みつらみなどお構いなし。一曲終えたステージでは無謀なトークが始まっている。

「そこのアロハ君！　君もステージに上がってこいよ？」

ついに客いじりまで始めやがった。まばゆい照明と濃すぎるサングラスで、僕の顔が判別できていないのだろう。ノリノリで扇ぐ仕草がうっとうしい。

「ほら、呼んでるよ」

矢野に背中を押され、綿野には苦笑いをされた。

「やっぱ夏といえばアロハだよな。君も風情がわかってるじゃないの」

マイクも恥じらうしゃくり声。酒を飲んだ一部の客からコールが始まる。逃げ場所を探していたとき、奥の屋台で手を振る斎藤を見つけた。

「おーい。焼きそば食べようぜ。腹減った」

騒がしいステージなど目もくれず、悠々自適で屋台を見物していたようだ。

渡りに船とばかりに逃げ出す。「シャイボーイ」の合唱を背中に、焼きそば屋の煙に身を隠した。

斎藤は上機嫌で顔を赤くしている。チューハイの空き缶を振って出迎え、常連客の装いで僕らを狭い屋台に招き入れる。

「俺の奢りだ。好きなだけ注文しろ」

豪語するも、斎藤の手に握られているのは僕の財布だ。知らぬ間にズボンのポケットからすられたらしい。大金が入っているのを嗅ぎつけたのだろう。油断も隙もない。

「返せ、盗っ人」

財布めがけて手を伸ばす。

「俺のだしぃ」

小学生のように財布を高く掲げる。致命的な身長差を前に、まるで勝負にならない。

「嘘つけ。返せって」

矢野も犯行を見抜き、「返してあげなさいよ」と僕に加勢した。するとそこへ体格のいい男が割って入った。さっき綿野がポイを譲った女の子の父親だ。楽々と斎藤の背丈を乗り越えて財布を取り戻し、僕の手に載せた。

「さっきはありがとう。娘が喜んでたよ」

父親の腰に隠れている女の子の手には、吊り下げた水袋に金魚が一匹だけ泳いでいる。

「ほら、お姉さんにありがとうは？」

父親に促されて女の子は綿野の前に出た。

「ありがとう」

舌足らずな口調で綿野にぴょこんと頭を下げる。車椅子の綿野と同じ目線で、女の子は安心しているようだった。むしろ綿野の方が緊張しているくらいだ。でも、女の子がほっぺを丸めて笑顔を作ると、綿野も釣られて微笑んだ。

「大事に育ててね」

綿野は車椅子から身を乗り出し、女の子の頭を撫でた。

斎藤は目を三角にして二人のやりとりを睨んでいた。目の前で繰り広げられる幸せそうな光景を憎むように。

斎藤は口の中で怒りを何度も咀嚼してから、それをため息に変えて吐き出した。無表情で親子を見送ると、気を取り直したように、通りがかりの女子たちをナンパし始めた。

「じゃ、俺、この子たちと遊ぶから。またな」

瞬く間に打ち解けた斎藤は、初対面のグループを引っ張ってニコニコと去っていった。目まぐるしい心変わりに唖然《あぜん》とさせられる中、矢野が肩をすくめた。

「ほんっと、変なやつ」

白けた空気を取りもつように、仮設テントから「間もなく花火が始まります」との放送が流れる。人混みがわっと動いた。それぞれお気に入りの場所を探して行き来する。

「えーっと、この場所じゃ見えないか。ちょっと来て？」

矢野が突然、綿野の車椅子を横取りして押し始めた。砂浜を越えて、波打ち際に沿って歩く。

「あ。見えた。ねえ、見て、あそこ。友だちに穴場を教えてもらったんだ」

矢野は得意げにそう言うと、海岸を囲う切り立った崖を指さした。頂上には神社がある。

確かに見晴らしが良さそうだ。でも、

「あんなところ、車椅子で登れるわけないだろ」

僕が反論すると、矢野は綿野の向かいに屈んだ。

「ね、綿野さん。ほんとは歩けるんでしょ？」

一方的な決めつけに、綿野は呆れた息をもらした。

「少しなら歩けるけど、あそこはさすがに無理。無理しないのが外出の条件だから」

取り合わない綿野に、矢野はわざとらしく困り顔を作った。

「えー、もうイメージ決めてるのに」

「だったら、そのイメージで描けば良いんじゃない？」

「ダメだって。リアリティが欲しいし。綿野さんを連れてきた意味がないじゃん。ていうか時間がない。ぐずぐずしてないで早く立ってよ」

綿野の手首を摑んで、強引に立ち上がらせようと引っぱった。

「離して」

花火が打ち上がった。頰に熱を感じる。真っ赤な大輪が開くと、あちこちで歓声が上がった。

「ほら、急げばクライマックスには間に合うから」

矢野が車椅子を叩いて急き立てる。目にあまる身勝手さ。僕は我慢の限界だった。

「矢野、いい加減に」

「矢野さん」

綿野の優しい声が、僕の言葉を打ち消した。急に潮が満ちてきたのか、車椅子の車輪を波が洗っている。

「矢野さんは、いつまで生きたい？」

矢野は綿野の謎かけに困惑しながら、「なに言ってんの？　意味わかんないんだけど」と、懸命に対抗しようとしている。

綿野が息のような軽さで立ち上がった。細い足首は水に沈み、波のかたちに合わせて切り取られている。

「矢野さんは、生きていても苦しそう」

綿野の言葉を受けて、矢野は波から逃げるように後ずさった。海と砂を分ける波の線をまたいで、二人は向き合った。

「私が苦しいって？　なに上から物言ってんの？」

自分を分析されたことが許せない矢野は、怒りと恐怖をないまぜにした顔をした。

「私は苦しくなんかない。あんたみたいに惨めじゃないから」

いい切り口を思いついたとばかりに、矢野は闘争心を取り戻した。

「あんたさ、病気で長くないんでしょ？　ほんっと可哀そう。何十年も損してるじゃん。大人になる自由も、夢を追いかける楽しさも知らないまま病院で死んでく。あー、ぞっとする。可哀そう。可哀そう」

憐れみを連呼するたびに、矢野の悪意が膨らんでいく。綿野は、朗読を聞くように耳を傾けていた。

「たぶん、同じなんじゃないかな」

綿野は、矢野の長いセリフを吞み込んで、短い言葉に置き換えた。

矢野は、啞然とした顔で綿野を見つめた。

「私の未来が、先のないあんたと同じってこと？」

信じられない、と何度も首を横に振る。まとわりつく綿野の言葉を追い払っているかのようだった。だが、一度胸に落ちた影が消えることはない。染みわたる苦悶を否定するかのように、矢野は頭を搔《か》きむしった。綿野は矢野から顔を背けた。矢野から逃げたわけではない。矢野よりも、花火よりも、眼下にたゆたう波の色に価値を見出したのだろう。

「矢野さんの世界って、あの動画だけなの？」

狭すぎるよ。病院より狭い。僕は綿野の唇がそう呟いているのを、ぼうっと見ていた。

矢野も目ざとく見抜いたようで、突如怒りを沸騰《ふっとう》させた。

「これから広がるんだよ。早く大人になって、とっとと家出て、お金稼いで、好きなことを好きなだけやるんだ」

波を踏み越えて、矢野の足がしぶきを上げた。

「そう」

頷く綿野すら、矢野の目には小馬鹿にしていると映ったらしい。

「ふざけんな、ふざけんな、ふざけんな」

金切り声が徐々に膨らむ。僕は二人の斜め後ろに立ち、矢野が血迷って綿野に手を上げないか見守っていた。

「ふざけんな、ふざけんな、ふざ」

矢野は、はっと顔を上げて、乱れた前髪から魚のような眼をのぞかせた。

「残しておかなくちゃ」

ひとり言にしては大きい。綿野が首を傾げる。僕もつられて傾ける。

「あんたさ、どうせ死ぬんだから、この世になにか残しておかなくちゃ。そうだよね?」

とり憑かれたようにカメラを構える。一眼レフに隠れた矢野の顔の中で、口だけが異様に動く。

「ほら笑って？　遺影、撮ってあげるから。ね？　それを最後にフェードアウトしていくの。最高じゃない？　再生数、絶対稼げる」

足を一歩、二歩。矢野は恐れも知らずに海へ踏み込む。綿野の胸を押して、さらに進む。花火に夢中だった観客たちも、異様な空気を察知して、一人、また一人と海へ目を向ける。

「再生数ってすごいんだよ？　価値がはっきり目でわかるの」

いつの間にか膝までどっぷり浸かった矢野が甲高い声を上げる。

さすがに見守りすぎた。僕は反省して海に足をつけた。

その時、綿野が笑った。

矢野の手を取って。まるで遊びに誘う子どものように無邪気な顔で。か弱いはずの綿野の力に、矢野は為す術もなく深みへ連れ去られる。どんどん体が消えてゆき、最後に海面が二つのこぶを作り、音もなく二人の頭が沈んだ。

僕は、凪いだ海を見つめていた。砂浜を振り返ると、壁画のように人々の姿が固まっている。一様にスマホを持つ亡霊たち。花火が二つ、音もなく開いていた。

「花火、邪魔だなあ」

牡丹をかたどった打ち上げ花火を、僕は手をかざして隠した。動きのついでに肘《ひじ》を曲げ、腕時計を鼻先につける。午後八時四十四分。生気のない数字を目に焼き付ける。腕時計のベルトを外して投げ捨てた。僕は水平線を見つめたまま、まっすぐ深みへと足を進めた。

人命救助の勇気などではない。綿野が溺れ死ぬのならば、せめて矢野とは引き離して死なせてやりたい。僕を動かしたのは、そんな衝動だった。

海の底を靴に感じながら、腕も使わずゆっくりと歩く。唐突に激痛が走った。顔を沈めて海中を覗くと、息を吐きつくした矢野の手が僕の足首を摑んでいた。がっちり爪が食い込んでいる。僕は矢野を引きずったまま綿野を探した。

暗い視界の奥、綿野は両手を広げて仰向けに漂っていた。首から上は闇に溶けて見えない。僕は綿野の片足を摑み、網を引き揚げるように浜まで戻った。

二人の体を半分波に残したまま、僕は車椅子に寄りかかった。息を求めて勝手に上下する背中に、スマホのフラッシュがまぶされる。車椅子にこめかみを叩きつけ、耳に溜まった水を抜く。無責任な歓声の奥で、救急車とパトカーのサイレンが共鳴していた。

僕は、気絶してぐにゃりと形をなくした綿野の体を車椅子に押し込めた。スマホの閃光《せんこう》を振り払い、塞がる群衆を押しのけて、砂浜に直線の轍《わだち》を描く。浜辺へ乗りつけた救急隊員とすれ違いながら、僕たちは祭り会場を後にした。


海から離れ、土手を遡る。花火も佳境に入り、機関銃のような乱れ打ちを演じる。

「うるさいなあ」

綿野が項垂れたままポツリと呟いて、それから遠慮なくむせ込んだ。ひとしきり水を吐くと、急に固く丸まって両耳を塞いだ。車椅子の上でうずくまり、目玉を押し込むほど強く瞼を閉じる。僕は小さくなった綿野を見下ろした。綿野のうなじは、爬《は》虫類《ちゆうるい》のように骨が浮いていた。小刻みに肩が跳ね上がる。震えているのだ。綿野の背中を破ろうと盛り上がる震えは、恐怖や寒さではなく、研ぎ澄まされた怒りだった。

特大の打ち上げ花火が空一面に広がった。

「あー、うるさい、うるさい、うるさい！」

綿野は癇癪を起こしたように怒鳴った。

「花火なんて、うるさいだけじゃないか」

行き場のない叫びも、花火の前では蚊の鳴く声に等しい。

僕は車椅子に差していた傘を広げた。黒い大ぶりな傘に、僕たちはすっぽり収まった。傘の下は、水の中みたいに音がくぐもっている。地響きだけが雨垂れのように低く響く。花火の閃光も漆黒の傘には敵わない。暗い光が、まるで手形を押すように傘の肌にそっと触れるだけだった。

「このために傘を買ったの？」

綿野は、耳を塞ぐ手を緩めて僕を振り返った。

「なんとなく。こうなるんじゃないかって」

雨具店が目に入ったとき、僕の胸に飛び込んできた予言は見事に的中した。

「私たちに、夏祭りはハードル高すぎたね」

綿野の消え入るような声が虫のざわめきに溶け込む。傘に阻《はば》まれた花火をバックに、僕は車椅子を押す。空襲から逃げているような陰惨な気分だった。

「ああ」

僕は魂が抜けたように放心していた。実際、頭がぼんやりして綿野の声の距離が摑めない。綿野の声かけをいくつか聞き逃したと思う。

僕は綿野の前に屈み込み、顔を覗き込んだ。もがく矢野にしがみつかれたのか、頰に血が爪の形に浮いている。僕は水筒の水でハンカチを濡らして、海水と混じる血を拭ってやった。

「それ、飲みかけの水でしょ？　不衛生」

「贅沢言うな」

血で汚れたハンカチを道端に捨てる。傘の縁からは花火の飛沫が滴り落ちていた。

「矢野の」

僕が幼馴染の名前を出すと、綿野はしかめ面を見せた。構わず続ける。

「矢野の動画なら、この場面で綿野が倒れて、僕の腕の中で涙ながらに告白して、息を引き取る。そんな感じかなあ」

「だろうね。陳腐にも程がある。何十年前の映画だよ。ほんと幻滅した」

子どもじみた悪口を言って笑う綿野。

「登録解除しとかなきゃな」

僕が冷やかすと、綿野はふと顔を曇らせた。

「でも、そしたら私のスマホ、空っぽになっちゃう」

花火が打ち上がるときの、ヒューッという苦しげな音が、傘の中で反響した。でもそれは僕の聞き違いで、本当は綿野の押し殺した咽び泣きだった。ヒュー、ヒュー、と息の限り涙を絞り出した。

綿野の感情が手にとるようにわかる。死という現実を受け止めて、それでもなお足掻《あが》こうとして。そんな不毛な起伏をずっと繰り返してきたのだ。ついに今、綿野を奮い立たせていた糸がプツリと切れたのだ。全てを出し尽くして、涙も枯れて、こんな空洞みたいな音しか出ないのだろう。

「道歩」

溺れるような声。

「道歩は、何歳まで生きる？」

出しぬけに、綿野はそう尋ねた。

「六十歳」

我ながらよく即答できたものだ。メガネ面がフラッシュバックするのが不本意だが、三宅の予言もあながちデタラメではなかったのだろう。きっと僕の顔には、六十歳で死ぬという気の長い死相が浮かんでいるのだ。

「六十歳かあ。あと四十四年もあるって想像もできないね。道歩は禿げそう。髪質細いし」

泣き腫らした目で笑う。僕は自虐の笑いを浮かべた。

「そうだな。前頭部から徐々に薄くなって、次は頭頂部、で、バリカンで剃ったみたいに揉み上げだけ残して禿げ上がる」

僕は濡れた頭を手で逆撫でしながら、予想図を説明する。

「あはは、きっとそう」

綿野は無邪気に笑った。僕はますます調子に乗って、自分の悲惨な未来を思い描いた。

「でさ、独居老人。部屋はお酒の缶とカップラーメンのからでいっぱい。ゴミ袋に埋もれて寂しく心霊動画見てる」

「わーらーえーねーえーー」

腹を抱えてとびきりの笑顔を見せる。

「それで、死ぬ前に綿野のことを思い出す」

綿野は火が消えたように押し黙った。

傘をたたむ。空気の流れが変わり、汗ばんだ首筋に涼しげな夜風が吹き抜ける。

気づけば花火も終わっていたようで、自動車組が帰路につきはじめている。ワンボックスカー、軽自動車、高級外車、パトカー、パトカー。

パトカーのランプが僕たちの脇に停まる。パワーウィンドウが下がり、警官が顔を出した。

「君たち、溺れてた子の友だちだろう。事情を聞きたいから後ろに乗りなさい」

太った警官が後部座席を顎でしゃくる。唇の端から息を漏らし、僕たちの動きを待っている。

「ほら、早く乗りなさい」

いつまでたっても動かない僕らに痺れを切らし、警官は窓から手を伸ばしてパトカーの横っ腹を叩いた。僕は車椅子を急転回させて、土手の斜面を滑り下りた。警官がなにか怒鳴っていたが、聞こえないふりをして走り続けた。車椅子が砂利を嚙んで激しく上下する。綿野は舌を嚙まないように唇を引き結んでいた。

背中の奥で石を転がすような痛みが走る。間違いなく結石だな、これは。感覚でわかる。でも今は自分の体にかまっている場合じゃない。

走らなければ。どこまでも走り続けなければ。

意思とは裏腹に足がもつれ始める。案の定、花壇の縁石に蹴《け》躓《つまず》いて転んでしまった。

手を離した車椅子が植え込みに走り込んだ。

膝頭が擦りむけて、水溜りのように血が溢れる。重石を背負わされたように起き上がれない。力を振り絞って仰向けに寝転ぶ。反転した空に、伏せたザルみたいな半月が浮かぶ。首を上げて地平線を見る。逆さまの花畑。ヒマワリの花畑だった。色のない首をいくつもぶら下げ、僕を覗き込んでくる。もう一度体を反転させ、膝を立てる。

「綿野」

ヒマワリに包まれて、車椅子に乗った綿野が空を見上げていた。宇宙に放り出されたような、孤独な姿だった。

喉の奥が酸っぱい。思い切ってその場で吐いた。未消化のそうめんが地面に円を描く。吐いてしまうと嘘みたいに落ち着いた。詰まり物が取れたように息が楽になる。

パトカーが呑気な運転で回り込んできた。太った警官がパトカーを降り、腹をゆすりながら歩いてきた。僕は膝立ちのまま、警官との間合いを計っていた。とてもじゃないが逃げられる距離ではない。諦めて両手を上げる。警官は僕の大袈裟な挙動に苦笑いしながら肩に手を乗せた。

「一緒にいた女の子は?」

僕が力なく花畑を指すと、警官は怪訝な表情になった。

「どこ。いないよ？」

僕が花畑に目をやると、ヒマワリに囲まれた空っぽの車椅子が残されていた。

あのやろー、僕を置いて逃げやがった。全然動けるじゃないか。

警官は不満げな声で無線に指示を送っている。舌打ちみたいな音とともに無線が途絶えた。警官は車椅子に近づき、しげしげと眺めた後に、なにを思ったのか車椅子に座った。

「あ、ハマっちまった」

腰の肉がつかえて立ち上がることができないらしい。連れの警官がみっともない相棒を指差して笑っている。どさくさに紛れて僕はその場を立ち去った。


『拝啓　道歩へ』

クマの絵をあしらった便せんに細い文字が並ぶ。

『私はとても疲れていました。来る日も来る日も誰かに責められている気がして、狂いそうでした。息苦しい日々を送る中、道歩がイジメにあうと聞いて、私は胸を躍らせました。飽き飽きしていた日常が、少しでも変わると信じて』

そこまで読んで破り捨てた。裏書きの『矢野和佳奈より』が真っ二つに裂ける。

「あいつ、絶対許さない」

僕は手紙をゴミ箱に捨てた。

「読んであげなよ、かわいそうに」

綿野がベッドに横たわったまま、こちらへ顔を倒した。

夏祭りの日、綿野は自力でタクシーを呼んで病院に帰ったらしい。待ち構えていた母親と宮野さんにこっぴどく叱られたという。

「お母さんがさ、木島くんは？　あの子に置いてかれたの？　って聞くから、置いて逃げたって答えたの。私の強がりだと思ったんだろうね。お母さんメチャクチャ怒ってた」

その後警察が到着し、病室で事情聴取を受けるハメになったというオチがつく。僕の濡れ衣は晴れたものの、代償は大きかった。

「どうしてくれるんだよ。退学になっちゃったじゃないか」

僕は逃げおおせることができず、あっさり捕まって警察署へと連行された。伝言ゲームをどう間違えたのか、警察は、僕が矢野を水死させようとした犯人だと睨んでいた。僕は助けに入っただけだと一晩中説明しても信じてくれなかった。騒ぎの一部始終を収めたS

ＮＳ動画が警察の目に留まり、見物客の証言もあって、翌日の昼過ぎにやっと釈放された。

少年課に迎えにきた両親は気まずそうに互いに目配せしていた。その足で豪華な料亭に入り、お品書きも見ずに一番高い料理を注文した父の様子を見て、ある程度の察しがついた。

とどのつまり、両親は僕を信じ抜くことができなかったのだ。僕が取調室で居丈高な尋問に耐えている最中、両親は学校に呼び出されて、退学処分の書類にサインしていた。

「料理、美味しかった？」

綿野が弱々しく尋ねた。

「ああ、値段だけのことはあったよ」

やけっぱちになった僕は、メニューの上から順に平らげてやった。

「これからどうしよう」

深刻なため息をつく。

「そのため息、出会った時よりずっと不幸そう」

なにがそんなに嬉しいのか、綿野は痛む脇腹を押さえながら笑った。綿野はもう、体を起こすこともままならなかった。明日から緩和ケア病棟に転院するらしい。

「最後の手術は、体力がもたないから無理だって。おかげで一ヶ月も余命が短くなった。あの女のせいだ」

恨みごとを漏らすが、胸の内では矢野を許しているのだろう。どこか晴れやかな顔つきだった。

矢野も停学処分を受け、親の目の届く狭い世界に閉じ込められた。ざまあみろ。これであいつの夢もおしまいだ。退屈しのぎに下手な手紙をよこしやがって。

「ねえ、それ、読み上げてよ」

綿野がゴミ箱を指さす。仕方なく中を漁り、セロハンテープで繋ぎ合わせた。

冒頭から口に出して読み返す。

『拝啓　道歩へ。私はとても疲れていました。来る日も来る日も誰かに責められている気がして、狂いそうでした。息苦しい日々を送る中、道歩がイジメにあうと聞いて、私は胸を躍らせました。飽き飽きしていた日常が、少しでも変わると信じて。でも、道歩は負けなかった。あの一件を動画にしたのは、その勇敢さに嫉妬したからだと思います』

肩をすくめて戯けてみせる。綿野は黙って先を促した。

『私の日常は、夢という名の悪質な病巣《びょうそう》に冒されていたのだと思います。見るもの、聞くもの全てを夢に結びつけなければならないと信じて疑いませんでした。

でも、夏祭りの夜、私は綿野さんの姿に衝撃を受けました。余命いくばくもないというのも、嘘ではないのでしょう。諦めるものが多すぎて、彼女は目の前の世界だけを見ているようでした。今を生きる、なんて言い回しは臭すぎるけど、それを証明するような、確固たる目をしていました。綿野さんを罵るたびに、私は自分が小さく削られてゆくような気がしました。

意識を取り戻して、お父さんに平手打ちされて、お母さんに大泣きされて、学校では担任に優しく処分を告げられて、私は夢を捨てざるを得なくなりました。夢が叶わないなんて、考えたこともなかった。それだけ全身全霊で私は絵を描き、下手くそな歌を歌い、編集して、動画を作ってきました。徹夜続きでイライラしていたのも事実です。道歩に辛くあたったのは謝ります』

ページを捲る。「まだ読む?」と綿野に尋ねる。「黙って最後まで読んで。話の腰を折られるとこっちが恥ずかしくなる」と意地悪な目で答えた。息を吸い込む。

『道歩が退学処分になったと聞かされました。幼稚園からずっと同じ場所を卒業してきた身としては、寂しい限りです。道歩のことだから、それほど悲観的に捉えていないかもしれませんね。でも中卒はやばいので、高卒認定試験を受けることをお勧めします。

私はと言うと、医学部入学を目指して勉強に励んでいる次第です。私の成績では、二年半ではまるで足りません。浪人生活を余儀なくされるでしょう。人生とはままならないものですね。私たちは「普通」を生きていく身として、お互い頑張りましょう。敬具』

お決まりの追伸が手紙の裏に添えられる。

『追伸　綿野さんに謝るつもりはありません。動画を完成できなかった私は、すでに負け犬なのですから』

改めて破り捨てる。

「だってさ。あんなのが医者になると思うとゾッとするよ」

綿野を振り返ると、もう眠りに落ちていた。僕は抜き足でベッドを横切り、窓に歩み寄る。テーブルの鉢植えにペットボトルの水を注いだ。

パイプ椅子に腰を下ろす。殺風景な室内を見回す。転院のため少ない荷物を段ボール一つにまとめている。綿野にはもう帰る場所がない。明日、緩和ケア病棟に転院すれば、そこが墓場となる。綿野の顔はやつれているが、それがもう日常になってしまい、悲愴感はない。

室内の全てが死に向かう中、窓際の極楽鳥花だけが鮮やかな色を放っている。

病室のドアが開く。

「あら木島くん、いらっしゃい」

綿野の母親が転院手続きを済ませて帰ってきた。小さなレジ袋にプリンが透けて見える。綿野の注文だろう。レジ袋の中身をサイドテーブルに広げ、アイスコーヒーのカップを取り出し、僕に勧める。

「喉渇いたでしょ。コーヒー、飲めるかしら」

おばさんは額を汗で濡らして、愛想笑いを浮かべた。

「お構いなく。水筒持ってますから」

「そう、ならよかった」

おばさんはカップの蓋を取って、一気に飲み干した。それから腰を落ち着ける場所を探して目をさまよわせた。

「あ、すみません。どうぞ」

僕がパイプ椅子を譲ると、「ごめんなさいね」と遠慮なく座った。二人で窓の外を眺める。残暑の空。九月に入ってもこの夏の最高気温を更新し続けている。入道雲も水平線で焦げついて動かない。クーラーの排気音だけが轟々《ごうごう》と響く。

「学校、辞めさせられたって聞いて」

おばさんは外を見たまま話しかけた。

「詩織が喧嘩して、それが原因だって」

「喧嘩なんかじゃないですよ」

「ごめんなさいね、ほんと」

おばさんは、一応謝罪は果たしたというように話を完結させた。寝息を立てる娘に優しい眼差しを送る。

「木島くん。詩織のお葬式のことだけど」

本人を前に、憚《はばか》ることなくおばさんは切り出した。

「この子、学校行ってないでしょ？　だから呼ぶ人もいなくて。それで、」

一呼吸する。

「悪いんだけど、家族葬で済ませたいの」

祖父ちゃんの葬式にしか出たことのない僕は、「家族葬」がどのようなものかイメージすることができなかった。

「身内だけで、お見送りしたいの。あなたには迷惑ばかりかけておいて、恩を仇で返すようで申し訳ないんだけど」

「お通夜もですか？」

「遠慮して欲しいの」

僕は呆然と綿野のベッドを見つめた。僕の中にも、矢野と同じように決めつけていた構図があったのかもしれない。お葬式に出て、棺に納まった綿野に花を手向けて、少し泣いて。そんなありふれたシナリオが。

「それで、最後の時間は詩織と二人で過ごさせてもらえないかしら」

とどめを刺される。

「わかりました」

本当は綿野の最期を看取りたかった。でも、これだけは譲れないというおばさんの顔を見ると、そんなこと口が裂けても言えなかった。

「ありがとう」

おばさんは目尻に皺を寄せた。

こうして僕はすっかり蚊帳《かや》の外に追い出されてしまった。

おばさんは「訃報は知らせるから」と最後の義理を伝え、僕を病室から締め出した。残された時間は親子で過ごしたい。母親として当然の思いだ。

バレバレな狸寝入りをしていた綿野も、異を唱えなかった。

僕はもう、綿野に会うことができなくなった。

病室を出る直前、窓際に飾られた極楽鳥花を目に焼き付けた。あの花は最後まで空を見続けるだろうと、僕は思った。

自分の部屋を点検するようにじっくりと見回す。

本棚にぎっしり詰まった漫画雑誌。三日坊主のアコースティックギター。着古してボロボロの上着。壁にはホラー映画のポスターが四枚。机の上にはシャーペン、消しゴム、無駄に長い物差しが乱雑に散らばっている。置き棚には誕生日プレゼントでもらった大学入試の参考書が手付かずのまま埃をかぶっている。どれも今の僕には不要なものだ。

「母さん、これみんな売り払いたいんだけど」

階段を下りて、ソファに寝そべる母親に声をかける。愛くるしいペット動画に熱中していた母は「なに？　聞こえなかった」とイヤホンを取った。

「だから、僕の持ち物を全部売りたいんだ。母さん、ネットでマメにやってんじゃん。やり方教えてよ」

母は暇さえあればスマホをいじって株やらメルカリやらで家計の足しにしている。

「えー？　自分で調べなよ」

母は動画に戻りかけて、少し考えるように固まった。痩身を起こし、ソファの上で居住まいをただした。

「え、なに？　身辺整理？　やめなさいよ、早まったことは」

早合点したまま「どこか食べに行く？」とか「明日海行かない？　ほら、今年バタバタしてどこにも行けなかったし」などなど。気を逸らそうと必死に食い下がってくる。

「いや、死なねえし。ちょっとお金がいるんだ」

「お金？　まさかまたイジメられてるの？」

「違うってば。香典代が欲しいんだ」

「香典？　え、待って。誰か亡くなったの？」

「いや、なんでもない」

一から説明するのは面倒なので、話を切り上げて立ち上がった。

「ちょっとあんた、そういえば先月も定期検診すっぽかしたでしょ。暇なんだから明日行ってきなさい。せめて体だけでも大事にしておかないと」

母の声を背に浴びながら自室に戻った。なーにが「せめて」だ。退学処分になったのは半分以上両親の早とちりのせいじゃないか。今のところ勉強しろとうるさく言われないが、じきに手のひらを返して責め立てるのは目に見えている。

スマホを開き「メルカリ　やり方」と雑な検索をかける。手取り足取り教えてくれる親切なサイトに辿り着き、読み耽っていると知らぬ間に日が落ちていた。電気も点けずに熱中していたため、スマホを閉じると真っ暗になる。階下から、母が出勤の支度をする物音が聞こえる。玄関の鍵が閉まる音を聞くと、急に孤独感が込み上げた。電気を点ける気にならない。室内では、蓄光シールとデジタル時計だけが光を灯している。

全てを投げ出したくなった。

どっと疲れが押し寄せ、涙が溢れた。安い涙だ。これまで堪えてきたのが馬鹿らしくなるくらいあっさりとこぼれ出した。子どもみたいに泣きじゃくりながら階段を下り、誰もいないリビングを見て、誰憚ることなく大声で泣いた。

テーブルの上にはラップのかかったオムライスと、プリントされた愛くるしいポメラニアンの写真。お気に入り動画の知らない犬だ。付箋《ふせん》が貼ってあって、『これでも見て元気出しなさい。生きてりゃなんとかなる』と母の達筆。アホらしくなって涙が引っ込んだ。

洗面所で顔を洗い、鏡を覗き込む。電球に照らし出された僕の目元はひどく黒ずんでいる。蛇口を逆さまにして、水道水を満腹になるまで飲む。ティッシュではなをかんでから、僕は家を飛び出した。

昼間はあんなに暑かったのに、夜になると途端に涼しくなる。秋の虫が羽を確かめるように短く鳴いた。もうすぐ季節が変わる。

分かれ道のたびに人通りの少ない暗がりを選ぶ。さまよい歩いた末に、気づけば畦道を歩いていた。両側に水を湛えた田んぼが広がる。蛙がけたたましく鳴いている。

小学校の通学路だった。

「懐かしー」

ハメを外した声を出す。田んぼの果ての民家で犬が吠えた。

「あー、そういえばあのビニルハウスって、この先だったなー」

さも今思い出したように棒読みする。夜の闇を切り開くように勇み立って進む。僕の背後を閉ざすように、街灯の電球が音を立てて切れた。水路のせせらぎを闇に聞く。足を止めた。ビニルハウスのあった場所。

目の前には、膨大な数の太陽光パネルが宇宙と交信するように敷き詰められていた。

しばしあっけに取られていた。記憶違いかと思って周りを見回したが、ビニルハウスの痕跡すらなかった。僕の知らない間に取り壊されてしまったのだ。エコロジーを謳う業者が土地を買い取って、パネル畑に置き換えたのだろう。記憶の一区画がごっそり抜け落ちたような喪失感に陥る。

「ああ」

悲嘆の声を漏らして、膝から崩れ落ちた。あんなに鮮明だった記憶が、さめてすぐ忘れる夢のように霧散する。パネル面は一欠片の情も持ち合わせていない。ただ月を分割して反射しているだけだ。もう誰も僕を待っていてはくれない。

綿野、僕を置いて行かないでくれ。

もう少し、僕と話をしようよ。

最後の瞬間まで、綿野と一緒にいたいんだ。

縋るようにスマホを開く。綿野の電話番号に泣きつきそうになる。辛うじて堪える。僕からは決して連絡しない。綿野の心を、僕のわがままで乱してはいけない。それが僕の最後の意地だった。

だから僕は待つことに徹した。着信を待つ。メッセージを待つ。無論、うんともすんとも言わない。

「もう会えないよ」

背中越しに声をかけられた。振り返らずともわかる。斎藤だ。夢枕に立つ亡霊のような声音。

「どうして?」

振り返らずに尋ねる。

「わかるんだ。俺には」

墓標のように揺るぎない言葉。

「どうしてわかるんだよ、斎藤は超能力者か?」

僕は悔しくて地面を殴りつけた。斎藤は鼻で笑ってから「道歩みたいな意気地なしには、あの子の最期を看取る権利はない」と小石を蹴り飛ばした。折った膝の横を小石が跳ねて横切る。

「斎藤は、お母さんを看取るとき泣いたか?」

「泣くわけないだろ」

僕は思い切って振り返った。暗闇に白いシャツがぼんやり浮かぶ。斎藤は珍しく猫背で俯いていた。

「いい親とは言えなかったからね。午前四時二十分。医者が告知した数字だけ鮮明に覚えてる。他は忘れた。後始末は親父に全部押し付けて、俺は葬式にも出なかった。無性に海が見たくなったんだ。こんな漁村の濁った海じゃない。太平洋の大海原を見たかった。でも電車を乗り継いでる間に、なにもかもどうでも良くなっちゃってさ。あんな母親のために電車賃を無駄にすることがアホらしくなって。ほとぼりが冷めるまで友だちん家を泊まり歩いて。いよいよ行く当てもなくなって。駅のベンチで寝てたところを親父に見つかってお縄だよ。見てみ？　ここ」

斎藤はキザな身振りで髪の毛をかき上げた。と思いきや、根本からごっそり頭皮が捲れ上がった。

「部分カツラ」

側頭部を補っていたカツラの毛を握りしめる。地肌には円形に手術の痕が盛り上がっている。

「親父に突き飛ばされた拍子にガツンと縁石にぶつけてさ。おかげで髪型も好きに変えられねえ」

斎藤は苦しげに笑った。そして話を結ぶかどうか、しばし迷っている様子だった。やがて気持ちが固まったのか、息を吸い込んで残りを吐き出した。

「散々後ろ指をさされたけど、間違った判断だったとは思わない」

キッパリとした口調だった。斎藤が本音を表に出したのは初めてではないだろうか。僕は斎藤をはっきり「美しい」と思った。

「お前はもう、あの子には会えないよ」

斎藤の予言が、頭の中で反響する。

電話が鳴った。

我に返る。斎藤の生き霊はもう姿を消し、スマホの画面が明滅している。綿野の名前。

「出るべきじゃないよ」

耳に斎藤の声がよぎる。僕はそれを振り払い、通話ボタンを押した。耳を澄ます。遥か遠くで、綿野のか細い息遣いが聞こえる。

「ねえ、道歩」

僕の名を呼ぶ声に、頭からむしゃぶりつきたくなった。「ねえ、道歩」その柔らかい声を永遠に失うのは、絶対に間違っていると大声で叫びたくなった。

「私、あっちの世界が見えたの」

恍惚《こうこつ》とした口ぶりだった。しゃがれた喉を力の限り振り絞っているような声。

「すごく、すごく綺麗だった。もう、今すぐ行きたいくらい」

息も絶え絶えにそれだけ告げると、かかってきた時と同じく、唐突に切れてしまった。なんど掛け直しても、それきり出ることはなかった。

今すぐ綿野に会いに行かなければ。もたもたしている間に向こう側に行ってしまう。永久に会えなくなってしまう。

背中から、刃物のような激情が突き上がる。両足を踏ん張って立ち上がる。満天の星が僕を迎えてくれた。

次の瞬間、自分が白目を剝いていることに気づく。疑問に思っていると、釘を打たれたような耳鳴り。あ、今ゲロを吐いているな。そう自覚したところでプツリと意識が途切れた。

あと一日我慢していたら、間違いなくあの世行きだったそうだ。

あと一日我慢できていたら、僕は綿野の死に目に会えたかもしれない。

医者の詳しい説明が頭に入らなかったので、ここから先は僕の推論。

定期検診をおろそかにした罰として、腎臓が機能不全に陥り、毒素が全身をかけ巡った。それでも無理を重ねた結果、とうとう毒が脳にまで回り、昏倒したのだ。きっとそうに違いない。

あの夜、太陽光パネルの点検員が倒れている僕を発見。意識不明のまま救急車で総合病院に担ぎ込まれて緊急手術を受けた。術後も意識が戻らず長く危篤《きとく》状態が続いた。意識を取り戻しても、しばらく朦朧としていた。

綿野の訃報を聞かされたのは、その後だった。

ベッドでうとうとしながら外を眺めていた。中庭のベンチに、柳の葉が金色のせせらぎとなって揺れている。

ぼんやりしていた僕は、看護師に「今、夏ですよね」と尋ねた。返ってきた答えは「もう秋の終わりだよ」という愛想のない一言だった。この看護師、どこかで見たことがあるなと思っていたら、胸ポケットに「宮野」と刺繡《ししゅう》されていた。

その時、曖昧だった意識がパッと開けた。跳ね起きて綿野について尋ねると、先々月に亡くなったと聞かされた。奇しくも僕が倒れた翌日に、綿野は息を引き取ったらしい。おばさんの意向通り、葬儀は身内だけで済ませ、僕のスマホには「詩織が死にました」と一言だけ吹き込まれていた。

「預かり物があるんだけど」

宮野さんは、僕を見ないまま机の上を指さした。そこには、極楽鳥花の成れの果てが飾られていた。誰も世話をしないまま放置され、無惨に色褪せた花は、ただの枯れ木にしか見えなかった。宮野さんは机の引き出しに手をかけ、もう一つの預かり物を取り出した。

ジップロックに入っている、遺留品みたいな封筒。

「綿野さんのお母様が、遺品整理してたら見つけたって」

宮野さんがそう補足した。

綿野からの手紙だった。可愛らしい薄紅の封筒。

「じゃあ、なにかあったらそのボタンで呼んでね」

ナースコールを指さして踵を返した。僕はピンと伸びた白衣の背中を見送った。入口のドアに手をかけたとき、宮野さんは一度つま先をそろえた。

「お花、枯らしちゃってごめんね」

ドアに向かって深く息を吐いて、それから部屋を出て行った。

不思議と喪失感はなかった。ただただ自問するだけだった。

僕は約束通り、綿野に世界の汚いところを伝えることができたのだろうか。

綿野は汚らしいこの世に見切りをつけて、後腐れなく旅立つことができたのだろうか。

それとも、やっぱりあれは虚勢で、本当はもっと綺麗な思い出を作りたかったのだろうか。

堂々巡りを断ち切るため、ジップロックから封筒を出した。誰かに開けられた痕跡がないか丁寧に調べてから、思い切ってシールをはがし、封を開いた。

『木島くんへ』

他人行儀な書き出しに一抹の不安を覚えながら、僕は読み進めた。

『木島くん。これを読んでいるということは、私はもうこの世にいないでしょう。

私は小さい頃から体が弱くて、長くは生きられないだろうとお医者さんに言われていました。でも、私は生きたいと思った。この世に生まれて、なに一つ成し遂げられずに病院のベッドで死んでいくなんて、あんまりだと思ったから。

小学校の卒業アルバムには、将来花屋さんになりたいって書いていました。いろんな花に囲まれて、海の見えるこの町で暮らしていきたい。豪華じゃなくてもいい。小さなお店で、毎朝お日様が昇っていくのを紅茶片手に見つめていたい。そう思っていました。でもそれも叶いそうにありません。

私は、木島くんとデートするたび、未来のある木島くんが羨ましくて仕方がありませんでした。夢を追うことができる、病院の外の人が羨ましくてたまりませんでした。ケンカした時も、そういった僻みがあったんだと思う。

ねえ、木島くん。この世の中は、綺麗なことで溢れていますね。

テレビをつければキラキラした青春ドラマが目白押しだし、ときどき先生の許可を取って外出したら、同じ年頃の女の子が、それはそれは楽しそうにおしゃべりしています。デパートにはおしゃれな服がいっぱいだし、レストランには食べきれないほどのご馳走が並んでいます。

木島くんが、私の席に花を供えてくれたって聞いた時、すごく嬉しかった。一晩中嬉し泣きしていたら、お母さんが「ぜったい殺してやるから」って怒ってました。誤解を解くのが大変でした。

あの花は私にとって、二つの意味で特別な花になりました。

一つは、木島くんと知り合うきっかけを作ってくれた花。

もう一つは、たぶんいつか木島くんにもわかる日がくるでしょう。それまで内緒にしておきます。

木島くん、私に気づいてくれてありがとう。私と出会ってくれてありがとう。

最後の時を木島くんと過ごせて、ほんとうに幸せでした。

一緒に水着を買いに行ったとき、木島くんはすごく恥ずかしそうにしていましたね。私はそれがおかしくて、普段選ばないような派手な水着を買ってしまいました。

夜中に長電話をしたのもいい思い出です。あのとき、木島くんは夜の学校に忍び込んでたんだっけ。ドラマチックだよね。屋上から見た天の川は綺麗でしたか？

夏祭りで食べた綿菓子もおいしかったし、二人っきりで見た花火も夢のように綺麗でした。駆け落ち旅行も、ほんとうに楽しかったです。命が縮んでも少しも惜しくなかった』

まだ手紙は続いている。拙《つたな》い文字で。

僕は瞼を押しつぶすように、深く目を閉じた。

この手紙は、僕に宛てたものではない。読み進めるに連れて、そう確信した。

僕は綿野と水着を選んだ記憶なんてないし、長電話をしたのも便所の中だ。夏祭りは散々な目にあったし、綿野に旅行する体力なんか残されちゃいなかった。

これは、中学二年生の木島道歩に宛てられた手紙だ。


中学二年生の綿野が、僕の顔写真を見て空想した青春物語だ。

綿野がまだ、この世の美しさを信じていた頃の。

中二の綿野が残した黒歴史が、運悪く母親に掘り出されてしまったに違いない。そして勘違いされたまま僕の手に渡った。

だから、僕は先を読むのをやめた。まだ二、三枚、日記のように続いていたが、これは僕が読むべき手紙ではない。シールで封を貼り直し、ジップロックに戻した。

僕は目頭を押さえ、しばらく動くことができなかった。

僕は綿野とデートをしたかった。一緒に水着を買いに行きたかった。校舎の屋上で、天の川を背に他愛のない電話ができればどんなによかったろう。二人きりで夏祭りに出かけて、綿菓子を並んで食べたかった。綿野の笑う横顔を盗み見しながら。

恋人として駆け落ちをするのが、僕たちの物語の正しい結末だったのかもしれない。

僕は綿野のためになに一つしてあげることができなかった。この日記の先には、もっと多くの楽しいことが綴られているに違いない。十六歳の僕には叶えられない、両手いっぱいの願い事が。

抜けるような秋の空が病室の窓を押し広げている。僕はできる限り遠くまで目を凝らした。

この花を処分しなければならない。極楽鳥花の死骸を一つかみに引きちぎる。ガサガサした手触り。茶色の破片が乾いた音を立てて落ちる。

空を飛ぶどころか、もう地を這うことすらできない、ただの死んだ花。

僕は病室の床に枯れた花をばら撒いた。空っぽの鉢植えも、もはや無用の長物だ。抱え上げ、机の縁で叩き割る。砕け散った陶器の破片が床に散らばる。これでおしまい。午後には検査を受けて、透析装置に縛りつけられるに違いない。

ふと足元を見ると、散らばった土に混じって、畳んだメモ用紙が顔を覗かせていた。

裸足で破片を踏みつけながら、それに近づく。屈んで顔を寄せる。くしゃくしゃに乾いたオレンジ色のメモ用紙を、破れないように慎重に開く。

死ぬ直前の不自由な手で書いたであろう、力の抜けた文字。

『六十才の誕生日に迎えに行くから』

僕は、その走り書きを胸に強く抱いた。鼻の奥がツンと痛む。鼻血のように熱い涙だった。

綿野は最後まで僕のことを思ってくれていたのだ。動かない手で必死に書いたこのメモは、遺される僕を元気付けるためのメッセージだ。僕が花の世話を引き継ぐことを信じて、鉢植えにメモを隠したのだろう。

僕は、綿野になにもしてやれなかった。

忘れ形見の極楽鳥花すら守ることができなかった。

だからせめて、これからの人生で償っていくのだ。

残り四十四年。

僕はこれからも絶え間なく不幸に見舞われるだろう。そのひとつひとつを決して忘れず、胸に留めて生きていこう。やがて綿野が迎えに来た時、今度こそ極楽鳥花を手土産に会いに行くのだ。

あの世でガーデンテーブルを挟んで、不幸せで惨めだった人生を面白おかしく報告してやるのだ。

うんざりするほど聞かせてやろう。
僕の生きた証を。

本書は第十一回ポプラ社小説新人賞特別賞受賞作
『とべない花を手向けて』を改題したものです。

毒をもって僕らは

2023年3月13日　第1刷発行

著者　冬野岬
発行者　千葉均
編集　野村浩介
装画　ゴル
装丁　岡本歌織(next door design)
発行所　株式会社ポプラ社
〒102-8519　東京都千代田区麹町4-2-6
一般書ホームページ　www.webasta.jp
印刷・製本　中央精版印刷株式会社
Japanese Text©Misaki Fuyuno 2023　Printed in Japan
N.D.C. 913　238p 20cm　ISBN978-4-591-17734-1

冬野岬（ふゆの・みさき）

1988年生まれ。愛媛県松山市在住、徳島大学総合科学部卒。在学中から小説を書き始める。本作にて第11回ポプラ社小説新人賞特別賞を受賞。「田舎大好き人間」で趣味はドライブ、映画鑑賞。愛犬はミニチュアダックスフント。